私は絶対許さない

15歳で集団レイプされた少女が
風俗嬢になり、
さらに看護師になった理由

雪村葉子

ブックマン社

２０１３年、警察に届出があった性暴力被害のうちレイプ被害は約１４００件。内閣府の調べによると、レイプ被害を警察に相談した人はわずか３．７パーセントに留まっているそうです。レイプされた女性の人生がその後どのように狂っていくか。どれほどの深い傷を心に刻み込むものか。十五歳にして性犯罪被害者となった女性のこの赤裸々な手記を出版することにより、非道な性犯罪がこの世からなくなることを願ってやみません。

――編集部

目次

私が死んだ日

真っ白な年のはじまり。


十五歳だった。忘れもしない、元日の夜のこと。

私は中学三年生で、元日から高校入試対策の補習に行った帰路だった。二時間に一本しか電車の来ないローカル線の無人駅のベンチで、寒さに凍えそうになりながら、母が軽トラックで迎えに来てくれるのを待っていた。除夜の鐘が鳴るころから降り続いていた雪は牡丹雪に変わって、午後からは大雪注意報が出ていた。

晴れた日ですら、うら寂しい田舎の無人駅の周りは、すっかり真っ白な雪で覆われていて、どこが道で、どこが田んぼなのかもうわからない。あのときの私は、ベンチで何を考えて母を待っていたのだろう、それはもう思い出せない。ああ、確か母のことが心配だったのだ。

こんな大雪の寒さの中では、なんの暖かさも感じない「しまむら」で買ってもらったペラペラのジャンパーのフードを目深にかぶって、息が凍らないように鼻の下までマフラーを巻いて、母の軽トラを待つ。家系なのか、私と同じように強度の近視のうえ、運転の下手くそな母がどこかで事故にでも遭ってはいないかとそればかりが心配だった。こんな心配をするくらいなら、二時間でも三時間でも真っ白な雪の中を歩いて帰ればよかった、でももう家に電話をしたって遅いだろう、と思いはじめていた。

そのとき紺色の軽自動車が一台、泥を撥《は》ねながら現れて、私の目の前で止まった。まもなくニッカボッカをはいた現場作業員風の若い男がひとり、ふたり、三人、四人と降りて来たと思ったら、突然ひとりの男が近寄って来て私の顔を平手で思いっきり叩いた。

眼鏡が飛んだ。

世界が真っ白になった。

私はふらついて雪の上にうずくまった。赤いセル巻きのフレームにレンズの厚さが一センチはあるダサい眼鏡。強度の近視の私は、裸眼ではほとんど何も見えない。何が起きているのかわからないけれど、とりあえず眼鏡を探さないといけない、と顔を上げると、男たちが私を取り囲んでいるのが見えた。

何が起きたのか、瞬時に把握できなかった。

そこから先の記憶はしばらく、なぜか鳥瞰《ちょうかん》的である。私は重たいグレーの雪空の上から、私のことを見ている。私の肉体の行方を――。

うずくまった私の身体を男たちが担いで車の後部座席に押し込める。私は鼻水を垂らしているようで、生温かくてしょっぱいものが口の中に流れてきた。両腕は男たちに押さえられていた。羽交い絞めのまま、車は走り出す。身体に力を入れて抵抗した。

「何をするんですか、助けてください」

やっとの思いで小さく叫ぶと、握りこぶしで顔を殴られた。頭の奥まで振動が広がり、痛さで気が遠くなりそうだった。セーターを首の下までたくしあげられ、強い力で乳房を揉みしだかれた。その後はもう、声も出ない。

どこに連れられていくのだろうか。

これから何をされるのだろうか。

早く逃げなければならない。

だけど、この車の中からどうやったら逃げ出せるのか、わからなかった。

寒さのせいなのか恐怖のせいなのか、身体がガタガタ震え、止まらない。いつのまにかおしっこを漏らしてしまったようだ、スカートがひんやりと冷たかった。

脳も痛みで震え、身体も止まらない震えに襲われながら母のことを考えた。母は無事に駅にたどり着いたのだろうか。私がいないことに、きっと腹を立てているはずだ。

どれくらい雪の中を走ったのか、外は暗くなり、脳に鳴り響く音が、窓を叩く雪の音なのか幻聴なのかもわからなかった。時折、男たちの笑い声が聞こえた。おもむろに、私の左腕を押さえつけていた男が片手でズボンをずり下げているのに気が付いた。ペニスを出した。初めて見る、勃起したペニスだった。私の腰まである長い髪を鷲摑みにして、顔を股間に持っていかれた。

「しゃぶれ」

低い声が命じた。顔を横に振ると、グイグイと額の皮膚が引きちぎれそうなほどに髪を引っ張られた。他の男たちは静かにそれを見守っている。

「しゃぶれって言ってるんだよ」

嫌、と言う権利はないらしかった。そそり立ったそれはもう、閉じた私の唇に何度もぶつかってきた。これを咥《くわ》えるしか、生きて帰れないのだろう、強く目を閉じて、そのかわり唇を開いた。しょっぱい。今までに嗅いだことのない臭い。何度も吐きそうになったが、そのたびに男は私の髪をこれでもかと引っ張り上げ、口腔の奥へ奥へと臭《くさ》いペニスを突き入れた。

まだ死にたくはなかった。

「もっと奥まで咥えろよ。下手くそが」

涙と鼻水と唾液と、男の勃起したものから流れ出ているものと、胃の中の酸っぱい液がぐちゃぐちゃになっていった。しかしそれでも私は、死にたくないと願った。

「あんまり無理させんなよ。どう見たってこの女、処女だろうが」

運転していた男がそう言ったのを覚えている。他の男たちよりも少し年上のようだった。圧雪でボコボコと瘤《こぶ》になっている道を慎重に運転していた。息ができぬほど口の中を占領され、それでも吐き出すことは許されない。そして不意にやべえ、出ちゃうよ、と言うと男は私の口からようやくドロドロになったペニスを引き抜いた。すると今度はどこからか別の手が、乱暴にまた乳房を揉みしだき、スカートの下に手を入れてきた。

母は今、どうしていることだろう。

あの駅に、雪はどれくらい積もっていることだろう。

雪道を走る車の揺れと、男たちの汗と、ペニスから立ちこめる体臭と安っぽい香水と煙草の臭いに酔いはじめていた。泣きはらしたからか、殴られたからか、湿った瞼《まぶた》がうまく開かない。それからしばらく走って、車は止まった。

胸を揉みしだいていた男に今度は強く肩を摑まれて、車から降りるように促された。身体はガタガタ震えたままだった。このまま心臓が止まるかもしれない。それでも、もう今逃げるしかチャンスはないと思い、とっさに右肩を摑んだ男の手を振り切ろうとしたが、容赦なく顔を握りこぶしで殴られた。身体をふたりの男に摑まれたまま、どこかの家に入った。靴を脱がされ、背中をどつかれる。

モダンで立派な家だった。玄関を入ると新築の木の匂いがした。

目を細めてかけ時計を見ると、二〇時前。やけに静かな家だった。

「手間かけんな。さっさと部屋に入れよ」

男の部屋とおぼしき部屋に入れられて、丸太のようにベッドの上に転がされた。鉄の味とさっきまで咥えさせられていたペニスの臭いで咽《むせ》びそうだった。口の中があちこち切れていて、出血していた。ようやく解放された手で鼻のあたりを拭うと、黒っぽい血がべったりと付いた。鼻水が止まらないと思っていたが、それは鼻血だったのだ。

「あーあ漏らしやがって、汚えな」

尿で湿ったスカートを剝ぎ取られ、綿のパンツを脱がされた。それは、母が安いという理由だけで買ってくる臍まである大きな白いパンツだった。私はなぜかそのとき、自分の履いているパンツを恥ずかしいと一瞬思った。それどころではないのに。

スカートとパンツを剝ぎ取られ下半身だけ真っ裸になった。

五人の男のうち、ふたりが私の身体を押さえ付ける。男たちがぼそぼそと会話をしている。前回は誰が最初だったか、と確認しあっている。そしてしばらくすると、今日はフルカワからね、と順番が決まったようだった。

私にはもう、抵抗する力も叫ぶための声も、どこにも残っていなかった。

その、フルカワとかいういかにも頭の悪そうな金髪の痩せた男が、全体重で圧《の》しかかってくるのと同時に、いきり勃ったペニスが私の中に躊躇《ちゅうちょ》なく入ってきた。引き裂かれるような痛みを覚えた。めりめりと地割れのように下半身が破壊されていく。どれくらいの時間かわからないが我を失った。ふたたび意識が戻っても、フルカワは必死の形相でひたすら腰を突き動かしている。全身が悲鳴を上げて、総毛立った。そして、太腿のあたりを生ぬるいものがつぅーっと流れるのがわかった。何かの雑誌で読んだ。初体験のときは、女の子は血が出るものだと。私は今、見知らぬ男たちに血を流しているのだ。

もう枯れ果てたと思っていた涙がふたたび溢れてきた。

すると、そのフルカワという男は私の背中を撫でたりさすったりした。

「いいか?」

何をいいか? と聞いているのかさえ、理解不能だった。さらに激しく腰を動かすと、フルカワは急に呆けた顔をして、乳房に倒れ込んできた。

二番目は、キムラという男。いかにも小ズルそうな背の低い男だった。車の中で、ずっとペニスを咥えさせてきた男だ。もう痛くないだろう、と言って、遠慮なく私の中に入ってくると、またしてもひたすら腰を動かした。やることといったらさっきのフルカワとまったく同じ。この男は汗っかきなのか、上からボタボタと汗の水滴が落ちてくる。

もはや、下半身の感覚は麻痺してきた。じーんと奥のほうが痺れるだけだ。

「どうだ？　気持ちよくなってきちゃったでしょ」

汗だくになりながらも真剣な顔で、必死に腰を動かすキムラを下から見ていて、なぜだか急に滑稽に思えてきた。この男たちがここまでしてしたかったことって、こんなことなのか……。

「ほら、気持ちよくないの？　気持ちよくしてやってるんだよ、気持ちいいって言ってみろよ」

こんなことのために、この後、殺されるのだろうか。理不尽だ。私はまだ十五歳だし、今年が始まったばかりだというのに。理不尽だった。

三番目はヌマシタという、痩せてひょっとこのような顔の男だった。ひょっとこのような顔にふさわしく、一番目、二番目と比べて細くてひょろ長いペニスだった。もう、恐怖を通り過ぎて疲れ果てていた。私の唇も、乳房も、太腿もあそこも、もう好きにしてもらって構わない。こんなことをして何が楽しいのかさっぱり理解できないが、もう考えることにも疲れた。生きて帰してくれさえすれば、それでいい。

いつしか、強張っていた身体の力が抜けていた。

四番目はマサアキという、北朝鮮の金正日を若くした豚のような男。豚のような男のペニスは小さくて、私の親指の先ほどの大きさだった。白くたぷたぷとした腹に埋もれた小さなペニスを自分の手で一生懸命掘り起して、私の股間に押し付ける。しかし、なかなかうまく入らない様子で、何度も角度を変えたり、身体の向きを変えさせたり、背後からの早くしろよ、という声に顔を紅潮させて苛立ちながらペニスを手でしごいたりしていた。勃起しているのかどうかも正直わからなかった。入ったのかどうかもわからぬまま、前のふたりの男に比べると短時間であっ、という小さな声をだして、私の血で赤く染まった太腿に射精した。気づけばシーツには毒々しい赤い斑点がいくつもできていた。私を犯した男たちの下半身も血まみれになり、そのまま各々が濁《にご》った眼でこちらを見ながら煙草を吸っている。

最後は、運転手をしていたサイタという男。この家の持ち主は、どうやらサイタらしい。相撲取りの寺尾によく似たサイタは、私の頭を優しく撫でて、強く抱きしめた。親指と人差し指で乳首を執拗に弄《もてあそ》びながらこう言った。

「輪姦《まわ》した後の女ってさあ、臭いんだよね。俺が最後なんてサイアク」

誰かが笑った。意味がよくわからなかった。

しかし、すぐさまサイタも私の中に遠慮なく入ってくると、一生懸命に腰を動かし、中で射精した。うぉーっという獣のような咆哮《ほうこう》とともに、力の抜けた大きな身体をドサッと私の上に乗せてきた。

一巡した。これで帰れるのかと思ったら、そうではなかった。

私は、血と精液と汗でどろどろになったベッドのうえで、一晩中五人の男たちに交互に輪姦され続けていた。男たちは、順番を待っているあいだ、酒を飲み、煙草を吸い、大麻らしきものを吸っていた。

眼鏡がなくてよかったと思った。この部屋も、男の顔も、汚れた肉体も、この街も、いや世界中の何もかもを、もうはっきり見たくはなかったから。


カーテンの隙間から日が差すのが見えて朝だと気が付く。

男たちは疲れたのか酒に酔ったのか、よく寝ていた。大きな鼾《いびき》をかいている男もいた。私は息を殺して、しばらくは眠っているふりをした。サイタが、ふらつく足取りで起き上がり、ドアを開けたまま部屋を出て階段を降りていくのがわかった。トイレなのだろう。

今だ。私は急いで濡れて汚れた下着と服を身に着けて、階段を駆け降り、ドアの鍵を開けて外へと飛び出した。

外は明るい。大丈夫だ、逃げよう。心臓が飛び出そうだった。

目の前に川が流れていた。何という名前の川かは知らない。しかしその流れを頼りにして、川べりの道を、雪を踏みしめながらひたすら早足で逃げた。雪は降り続いている。歩きづらいのは雪だけのせいでないと気が付いた。陰部に残るズキズキとした痛みと違和感。そして憎しみと恐怖。一晩中、脚を開かされていたために、内股の筋肉が壊れたのだろう、がに股でしか歩けないのだ。足が悪路に取られてもつれるたび、今にも男たちが追いかけて来て、再び捕まってしまうのではないかと思い、恐怖で震えた。でも、歩くしかない。歩いて逃げるしか私が生きる道は残っていない。雪よ、私を隠してくれ、誰の目にも映らないように、このまま雪の世界に連れ去ってくれ。ローファーの中まで濡れて、靴下はぐちゃぐちゃ。何もかもがぐちゃぐちゃで、何もかもが、痛い。もうだめだ、誰か助けて欲しい。でもそうだ、今日は一月二日だった。正月休みの早朝の、しかも大雪の日に、そうそう外を出歩いている人など、いるものか。歩けなくなるまで、自分で歩くしかない。前を向け、前だけ向け。そう思っているのに、たびたび後ろを振り返らずにはいられない。追いかけてくるのは雪なのか人影なのか。

やがて息が切れた。足が冷えて、感覚を失っていく。それでもしばらく歩くと、自転車屋さんの看板が見えた。近付くと軒先でおじさんがバイクを修理していた。

助けてくれる人だろうか。私を生かしてくれる人だろうか。

おじさんはこちらを見てギョッとした。突然化け物が目の前に現れたような、恐怖にひきつらせた顔をした。そのおじさんの表情を見て、私は自分が化け物になったことを知り、助けて、という言葉が出ずに立ち尽くした。

「警察に行くかい？」

おじさんがおそるおそる声をかけてくれた。私は頭を横に振った。

「僕はじゃあ、どうすればいいかい？」

「……警察は大丈夫です。でもすみません、近くの駅まで送ってもらえませんでしょうか」

小さな声を出してお願いした。声が出たことにほっとした。喋るたびに、唇の端の傷が痛んだ。

おじさんは、ちょっと待っててと言うと、すぐに裏手から軽自動車を出してくれ、助手席に招き入れてくれた。機械油の匂いが、私を安心させた。アクセルを踏む前にもう一度おじさんは訊いてきた。

「本当に、いいのかい？　警察は」

コクリ、と黙ってうなずいた。これ以上何か言葉を発すれば、たぶん号泣してしまうだろうから、唇を噛んで下を向いていた。あの男たちに気付かれないように、ずっと屈み込むようにして助手席に座っていた。するとおじさんは、それ以上何も話しかけてはこなかった。

降ろしてくれた駅は、昨日連れ去られた駅から二つ目の駅だった。何時間も走って、すごく遠くの街まで来てしまったように思えたのだが、たいした距離ではなかったことに驚いた。

「本当に大丈夫かい？　どこまで帰るの？　汽車賃はあるのかい？」

そして、作業ズボンのポケットからぐしゃぐしゃの千円札を取り出して、私にくれた。

「…すみません。ありがとうございました。お金、助かります」

俯《うつむ》いたまま、私は千円札を握りしめた。

そこもまた、無人駅だった。駅舎のベンチや壁には、どぎつい色のスプレーで「SEX」とか「やらせろ」とか落書きがされているのがわかって身震いがした。咄嗟《とっさ》にこの落書きを書いたのがあいつらだと感じたのだ。酷《ひど》い近視の私は、落書きを視界から遮《さえぎ》って、これでもかと言うほど目を細めて睨《にら》むようにして時刻表を見た。そして汚れた木製のベンチに座って、下を向いたまま電車を待った。

「葉子ちゃんじゃないの、こんなところでどうしたの？」

突然の声に驚いて顔を上げると、同級生の女の子が立っていた。なんでこんなところで、こんな私を見られてしまわないといけないのか、必死で嘘を探す。

「ああ、あの、夕べこっちに知り合いの家に泊まってさ」

嘘がばれただろうか、信じてくれるだろうか。

「そうなんだ。私は今から学校なの。バレー部の朝練だからさ、あ、あけましておめでとう。今年もよろしくね！」

そうか、ここの駅から通学する同じ学校の子がいるのか。

「バレー頑張ってね、寒いから怪我しないで」

おめでとう、と返すことはできず、顔を見られないように俯いた。ホームに出ようかとも思ったが、今日も雪が降っている。逆に怪しまれるような気がして、ベンチに留まった。

「ちょっと！　葉子ちゃん、顔にケガしてない？　そういえば眼鏡は？　コンタクトにしたの？　ちょっと！　すごい腫《は》れているじゃないの！　病院は？　病院は行ったの？　足からも血が出ているじゃないの！」

お願い。それ以上、私を見ないで。お願い。近付かないで。

「大丈夫。たいしたことないの。雪で滑って転んだんだよ、ほら私、近視だから、つい」

笑って誤魔化《ごまか》した。

「……そっか。眼が悪いと大変ね」

少しして、電車が来たときには心底ホッとした。電車は二両しかなかったが、彼女は何かを察したのだろう、別の車両に乗り込んだ。

なんとか連れ去られた駅まで戻って来られた。あれから丸一日も経過していないというのに、まるで数日ぶりに訪れたような違和感があった。そこは学校と自宅のあいだの乗換駅で、自宅のある最寄り駅に止まる電車が来るのは、それから二時間も後だった。

私は手ぶらだった。

鞄は連れ去られたときの車に置きっぱなしになっていた。さっきおじさんからもらったお金の残りを取り出そうとジャンパーのポケットをまさぐると、偶然にも小銭入れが入っていた。よかった。古びたキティちゃんの小銭入れから十円玉を出して、公衆電話から友だちの家に電話をした。

「もしもし、葉子だけど…あのさ、あたし、夕べあんたんちに泊まったことにしてくんないかな…お願い…」

「えー、何言ってるの？　葉子ちゃんのお母さんからさっき電話きたんだよ！　知らないって言っちゃったもん、こっちも困るよ、そういうの」

ガチャ、と切られた。もうひとりのクラスメイトに電話する。私が電話番号を記憶している友だちは、このふたりだけだった。

「えー、お母さんから変な電話が来て、こんどは葉子ちゃん？　何があったか知らないけどさ、そんなの無理でしょ！　お正月なんだから！」

またあえなく電話は切れた。途方に暮れる。

このまま雪の中に埋もれてしまいたかった。昨日母を待っていたときと同じ、見慣れた無人駅の景色が、昨日とはまったく違うものに映る。

十五歳の元日。私は死んだ。

誰も守ってなんかくれない

雪はやまない。

二時間待って電車に乗り、ようやく最寄りの駅までたどり着いた。

そしてここから家までは約一〇キロの道のりだ。数年前まで路線バスがあったのだが、赤字運行続きで廃線になった。

また公衆電話を探し出し、家に電話をする。母が出た。

「もしもし、わたし……葉子…」

「はあ！　なんだよ、今ごろ！　生きていたのか！　死んだのかと思ったよ。で、なんだって言うんだい？　まさか迎えに来いなんて言うんじゃないだろうね？　いい加減にしなさいよ。あんたを吹雪の中に迎えに行くのに、遭難《そうなん》しそうになって、脱輪したんだよ……母親になんていう仕打ちをするんだい。あんたみたいなクソガキなんかもう……」

大声でわめき散らしていて、よく聞き取れなかった。そして電話は一方的に切れた。もう自分のものではないような疲れきった足と、さらに腫れが酷くなったような気がする陰部に苦しめられながら、吹雪の農道を歩いた。

歩きながら、痛みで疼《うず》き続ける自分の陰部からまだ血がポタポタと雪の上に滴《したた》り落ちているような気がして、そしてその血を道しるべにして、男たちが私の所在を嗅《か》ぎつけるような気がして、数秒に一回、背筋が震えた。この生臭い血をたどって家までつきとめられたら、そして、もしも先回りされて家の前で男たちが待っていたとしたら……今度は私は、どこに逃げればいいのだろうか。父と母にどう言い訳をすればいいのだろうか。煙草と大麻の匂いが染みついてしまった髪は、いつしか凍って氷柱《つらら》のようになっている。耳朶《じだ》は寒さで切り裂けそうだ。

自転車屋のおじさんが顔をひきつらせたほどの化け物は、雪と恐怖に曝《さら》されてますます気味の悪い化け物になって、ようやく家へとたどり着いた。玄関の松飾りさえも忌々《いまいま》しく感じた。重い玄関を開ける。ただいま、の声も出せなかった。

我が家は、いわゆる本家と呼ばれる家だった。正月なので、父の兄弟やその家族、祖父の兄弟やその家族も勢揃いしていた。お煮しめを温め直している匂いがした。ほぼ丸一日何も口にしていないはずだが、不思議なことに、その匂いを嗅いでも私は空腹感を覚えなかった。

顔が原型を留めないほど腫れた、ボロ雑巾《ぞうきん》さながらの娘のご帰還に「どうしたのか？」「何があったんだ？」と心配する大人は誰ひとりいなかった。そんな甘い家庭ではないのだ。

しかたなく、親戚が勢揃いの居間に顔を出し、小さな声を出す。

「遅くなって申し訳ありませんでした。ただ今帰りました。……あけましておめでとうございます」

呑みなれない酒で顔を紅く染めていた父が、私の姿を確認すると、鬼の形相で立ち上がった。

「今帰っただと！　この不良娘が！」

思いきり張り手をされ、廊下に倒れ込む。

「おまえ、眼鏡はどうした？　どこにやった？」

「すみません、失くしました」

眼鏡を失くした理由も聞かずに父親は私を殴打し続けた。腫れていた顔が、よけいに誰だかわからなくなるほど腫れた。

「……すみませんでした」

「馬鹿野郎！　すみませんで済むと思っているのか！」

「すみません、本当にすみませんでした」

「おい葉子、すみませんで済んだらな、世の中に警察はいらねえんだ」

親戚も母も祖父も兄弟も、客間で宴会をしながら、父と私のことを眺めている。無断外泊した私に非があるのだから、殴られてもしかたあるまい、この年頃の女子《おなご》には、殴らないとわからないこともあるのだと、口々に言った。

「おい、どこに行っていたのか言ってみろ、言えないのか！」

無言の私を父は責め立て、さらにまた殴る。だけど私は何も言わなかった。どうせ嘘をつくことになるのだから、それなら黙っていようと思った。


夕方になると、母は学級名簿を片手に、片っ端からクラス全員の家に電話をかけていた。娘を庇《かば》うためではない、むしろ、娘の悪事をわざわざ同級生中に触れ回るかのように、電話をかけ続けた。

「ああ、正月からすみませんねえ、実はうちの葉子が夕べ帰らなかったんです。ええ、一晩行方知れずで、さっき帰って来たんですけどね、娘が昨日、どこにいたのか知りませんか？　最近何か娘におかしいことなかったですか？　だって、親だから知っとかなきゃいけないでしょう」

別に驚かなかった。

ときどき、こういう恥ずかしいことを平気でする母親だった。自分の子どもを完全に「所有物」と見なしていて、自分の思い通りにいかなければ、思いきり娘の恥を宣伝して罰を与える人だった。娘に人間としての感情があることなど、想像すらしたことがないようだった。

家庭という小さな国家の掟《おきて》に背いた者には、容赦なく厳しい私刑《リンチ》が下される。「国家反逆罪」がまかり通る家庭だったのだ。

こんな家庭で、夕べは、見知らぬ車に連れ去られ、五人の男に輪姦されました、十五歳にして処女を奪われましたと正直に言えるだろうか。絶対に言えるわけがない。私の肉体は、死んでしまった。でも、それでも尊厳というものがあった。親ならば、娘の様子から察して欲しかった。殴る前に顔を覗きこんで欲しかった。心配して欲しかった。どれだけの力を振り絞って、この家までたどり着いたのか、気付いて欲しかった。父に殴られるために、家まで歩いてきたわけではなかったのに。

誰も守ってくれないのだ。

もう、誰のことも信じるわけにはいかない。あの男たちも、家族も。

母屋と廊下続きになっている二階建ての離れは、私たち兄弟の子ども部屋になっていた。離れの二階にある私の部屋は四畳半の和室で、隣の四畳半の和室とは四枚の襖《ふすま》で仕切られており、隣の和室は六歳下の妹の部屋になっていた。パイプベッドと机、下着や靴下の入った小さな箪笥《たんす》で、私の小さい部屋はいっぱいだった。ぬいぐるみ、カーペット、置時計、カレンダー……部屋は大好きなキティちゃんグッズがいくつか置いてある、本当に平凡な子ども部屋だった。でも、昨日までは愛おしかったキティちゃんが、すごく滑稽に思えた。時折、小学生の妹が言葉少なに声をかけてくれる。姉の異変を一番感じているのは、この子かもしれなかった。

「お姉ちゃん、大丈夫？」

「ああ、大丈夫だから。ありがとう。放っておいて」

何も悪くはない妹にまで当たってしまいそうな自分が嫌になる。


夜中になってから、そっと母屋にあるお風呂場に行って、身体を洗った。冷たくなった湯船の水を何度も何度も陰部にかけ続けた。膣の中はきっと何度も何度もペニスに突き上げられたせいで血だらけに違いない。膣の奥の奥まで、ヒリヒリと焼け付くような痛みを覚えて涙が出た。男たちが何度も舌を這わせた太腿にも乳房にも、これでもかと石鹸をなぞらせた。ああでも、何も洗い流れてはくれないことを、ただれた陰部が残酷に教えてくれる。痛い、あそこが痛い。身体中が痛い。私は死んだはずなのに。全身が痛い痛いと言っている。

祖母がいつも顔そりに使うI字の剃刀《かみそり》を持ち出して部屋に戻った。どうして、こんな目に遭わなければならないのだ。何か他人に恨まれた覚えもない。私の何がいけなかったのだろうか。どうしていたら、あの不良の獣たちを回避することができたのだろうか。汚れた身体は、もう元には戻らない。私は元には戻らない。大切な処女を失った。命を失った。肉体を失った。あいつらを殺してやりたい。ひとり残らず、あの獣たちを地獄に落としてやりたい。今すぐに殺してやろう。殺してやろう。だけどもう疲れた、殺すよりも今この場で私の肉体に刃物を当てたほうが、楽な道ではないだろうか。

剃刀の刃を、机に置いた左手首に強くあてた。

一瞬、ピリッとしたが、動脈は深いところにあると理科の授業で習っていたから、もっともっと深くまで切り進めねばならない。

昨日から、血を流すのは何度目だろうか。私の魂は、すっかり己の血と仲よくなっていた。手首からの出血は思ったよりも赤黒く、多く、まもなく頭が朦朧《もうろう》としてきた。朦朧とした意識の中の殺意に火を灯《とも》しながら、机にもたれかかったまま眠りに落ちた。

翌日の明け方、頭が痺れて目が覚めた。血は机の上まで流れ、冷えて固まっていた。こんな状態でも人は眠れるのかと驚いた。眠れる自分の無神経さに腹さえ立った。大晦日から降り続いた雪はようやくやんで、朝の光が無邪気に乱反射していた。私が雪道に流した血の点々は、いつ消えるのだろう。もっともっと雪が積もらないと消えてくれないのではないだろうか。雪の歩道にポタポタと落ちた生臭い血の匂いを、今ごろ獣たちは嗅ぎ付けてはいないだろうか。想像するとまた、身体はガタガタと震えた。汚れた陰部から流れ出た血が消えないのなら、私が消えるまでだ。近くに置いたままになっていた剃刀をふたたび手に持ち、刃を左腕に当てる。今度は浅く何カ所も切り刻んだ。少し切っただけでも出血がすごい。汚れた肉体に流れる血は錆《さび》のように赤黒くて、その色にさえも嫌悪感を覚えた。

穢《けが》れ切った血よ、永遠に流れてしまえ。傷よ、永遠に塞がれるな。

これは、罰だ。私が汚れた女になった印だ。そして死の刻印だ。

広い農家の家屋の片隅にある、離れの自分の部屋で、残りの冬休みを誰とも喋らずに過ごした。

うまく食べられなくなっていた。何かを食べようとすると、汚く勃起したペニスの残像が突然蘇《よみがえ》る。あんなものを咥えた口で、ごはんを食べるということが、汚された口腔で咀嚼し、食べ物から栄養を摂って肉体を維持しなければならないということが酷く気持ちが悪くて、食べられなかった。一口、二口ですぐにごちそうさまと箸を置き、部屋へ引き上げた。しかし母も父も、突然食欲を失った私に対して、心配の言葉ひとつもかけてはこなかった。

私の家は、千九百坪の宅地とその周りを山林に囲まれた、山奥の中にある代々続く農家だった。築四百年の武家屋敷のような造りの家は、茅葺《かやぶき》屋根を瓦《かわら》に葺き替えた、二階建て住宅ほどの高さがある平屋で、和室が八室ほどあった。天井を見上げると三〇センチ四方の太い梁は囲炉裏の煙で煤《すす》け、黒光りしていた。こんなことを書いたら、まるで昔話のように感じる人もいるだろう。だけど私は一九八〇年生まれ。これは一九九〇年代後半の話である。

何かにつけて家風は厳しく、父や祖父母は生活の隅々におよんで質素倹約《しっそけんやく》、質実剛健《しつじつごうけん》を尊《とうと》んだ。

朝起きたら、玄関を雑巾《ぞうきん》で水拭きし、家の周りをぐるりと取り囲む一間(約一八二センチ)幅の廊下を丁寧に雑巾がけした後に、さらに、米糠《こめぬか》が入った袋で磨いていく。竹箒《たけぼうき》で庭を掃き、家の外の牛舎の脇にある、汲み取り式トイレの掃除などをしてから、ようやく朝食を摂って出かけるのが決まりだった。週に一度は風呂を沸かすための薪《まき》割《わ》りをして、春と秋にはそれぞれ田植えや稲刈りの手伝いをし、大雪の日はスコップを手に雪かきをしてから学校に出かけた。居間にテレビはあったが、食事中に見せてもらえるのはＮＨＫだけだった。だから世の中の流行についていけず、私はいつも学校で浮いていた。我が家の曾祖父、祖父、父は男の兄弟ばかりで、男しか生まれない家系だったらしく、久々に生まれた女の子が私だった。五人兄弟の長女だった私は、物心ついたころから三歳下の弟、六歳下の双子の妹と弟、七歳下の弟の面倒をよく見た。長い髪は手拭いでくくって、双子の弟を背中に、妹を前におんぶして、よく田んぼのあぜ道を散歩した。昔NHKでやっていた「おしん」みたいだと同級生にからかわれたりしていた。だが、弟と妹の面倒を見ることは嫌いではなかった。おやつの団子や蒸かし芋も、「もっと」と言われれば、喜んで自分の分も差し出した。自分の物を買うくらいなら、下の子たちのものを買って欲しいと願った。

勉強は得意ではなかったが、好きだった。知ることや理解することが嬉しかったから、興味を持って授業を聞いていた。宿題をきちんとこなし、遅刻することも授業をさぼったこともなく、生徒手帳に書かれている規律通りに制服を着て、弁論大会に出たりする、おしゃれひとつ知らない、まじめな優等生だったように思う。何せ十五歳になるまで分厚い眼鏡に臍までくる白い綿のパンツを履いていたのだから。ブラジャーだって売っている中で一番質素な物を母から買い与えられていたので、色もついていなければ、リボン一つ装飾されていない。恋をしたこともなければ、もちろん性的な経験など想像したこともなく、まだまだ遠い先のことだと思っていた。無論、自慰《じい》行為にすら及んだことはなかった。思春期を迎え、興味がなかったことはないが、自分の下着に手を入れて性器を自分の指を使っていじるなど、恐ろしくはしたない行為で、そんなことは許されるわけがないと考えていた。

そんな私が集団強姦されるなどと、誰が想像しただろうか。

だから、黙っているしかないのだ。

あれきり、家族の雰囲気はぎくしゃくとしていた。三が日が終わっても、毎晩のように私の無断外泊を両親そろって責め立てた。もともと仲のよかった母娘、父娘でもない。どう思われようともはや構わなかった。あの夜、私が処女を喪失したのかどうか疑念を持っているかもしれない。しかしそれを面と向かって訊いてくる親ではない。娘が生娘《きむすめ》か否かどうして訊こうとしないのか？　それは決して私を慮《おもんぱか》っているからではなくて、自分の娘がたった十五歳で傷物になったことを認めては親としてのプライドに傷が付くからだ。揚句の果てに嫁の貰い手がなくなってしまう。田舎の農家の娘にとって、行かず後家《ごけ》になるということは大変な災難である。それが恐ろしいだけなのだ。

一月の雪に埋もれてしまった庭の寒椿の固い蕾《つぼみ》のように押し黙ったまま、誰にも真実を告げずに、あの男たちを殺すことだけをただひとつの希望としよう。どうしたらより残酷な方法で、男たちに最大の罰を与えられるかだけを考えて暮らそう。さてどの男から殺そうか。キムラか、いやフルカワ？　そう、私を輪姦した順番に殺していくという手もある。五人も殺したら死刑になるだろうか？　それとも輪姦された女は情状酌量《じょうじょうしゃくりょう》で無期懲役か？　どちらでも構わない。

だけど五人を殺すまでは、捕まりたくはない。

だってもはや人生に幸福など訪れはしないだろう。何遍も何十遍もこの田舎の景色を、雪がすべてを覆い尽くしたとしても、過去は雪に隠れてはくれないだろう。幸せな恋愛も結婚ももう私にはない。だからといって一生私は雪に閉ざされ、この家に閉じ込められなければならないのか？　行かず後家になって一生農家の手伝いをして終わるのか？

何匹ものミミズが這ったような右腕の傷跡を見つめながらひとりで一生懸命考えた。私は死んだ。だけど、本当に、完璧な死が許されるのは、きっとあの男たちをひとり残らず殺してからなのだ。

神様。私はもうあなたの存在なんて、信じないと決めたよ。

そう思うと、少しずつ食事が喉を通っていった。いや、少しずつではない。ふと気が付くと狂ったようにご飯をかきこんでいる自分がいた。男たちが開けた穴を食事で塞いでしまえるんじゃないか……無我夢中で食《は》んでいるほんのひととき、自分が汚れた人間だということを忘れることもあった。しかし忘我の時間はほんの刹那《せつな》で、我に返ったときに突然吐き気を催した。箸を置き、トイレまで一目散で駆け込んで、食べたばかりのものを便器の中に吐瀉《としゃ》した。ほとんど咀嚼されずに、そのままの形で戻してしまう。

これが摂食障害《せっしょくしょうがい》という、拒食と過食を繰り返す精神的な病の始まりだと知ったのは、ずっと後になってからのことだ。

勃《た》たないヤクザに買われた日

もう少しで学校が始まる。

私は何食わぬ顔をして、三学期を迎える。受験勉強を続ける。しかしこの冬休みはまったくといっていいほど、受験勉強ができなかった。机に向かっているときは、ただただ男たちへの復讐について考えていたから。しかしあの日、連れ去られた車に置きっぱなしにしてしまった、教科書の入った鞄とマフラーが気になっていた。親に新しいものを買ってもらえるわけがない。それでなくとも、あの日から両親に罵倒され続けているというのに、だ。昨日も、「おまえのような娘は地獄に堕ちるんだよ」と母は私を責めた。

ああこの人は、私の地獄行きを望んでいるのだ。お腹を痛めて産んだ娘であるはずなのに。母の乾いた唇から酷い言葉が飛び出るたびに、胸の奥が砂漠のように乾いた。咄嗟《とっさ》に言葉が漏れてしまった。

「安心して。もうとっくに地獄に堕ちているから」

「なんて言ったんだ、もう一遍言ってみろ！」

私は個室に逃げ帰った。

逃げたい。一刻も早くこの家から逃げ出してしまいたい。だけど私には、お金がなかった。どこにも飛び立てない。まずは高校生になろう。心を閉ざしたまま中学を卒業し、高校生になったらアルバイトをして逃亡資金を作らないといけない。そのためには、あのまま私の大事な鞄とマフラーを、男たちの手元に置いておくわけにはいかない。

後になって人づてに聞いたが、私を連れ去ったその男たちは、四六時中無人駅にたむろしている地元でも有名な不良グループだった。それまでも、私は何度もすれ違っているはずだったが、意識したことがなかったのだ。

仕方がない。男たちに会って取り返すと決めた。新しい眼鏡を買って欲しいとは言い出せずに、予備のガラスレンズの眼鏡をかけた。厚いガラスのレンズはプラスティックレンズよりもはるかに重くて、すぐに耳が痛くなる。駅までの一〇キロの道のりは今日も吹雪だったが、私は自転車を漕いだ。レンズが汗の湯気で曇るほど必死で自転車を漕いで最寄り駅まで向かい、あの日以来、初めて電車に乗った。一面雪で覆われた田んぼの中を電車がゆっくりと走る。外は激しく吹雪いているため、視界が遮られ、人がまばらの車内には悪天候のため徐行運転に切り替えるというアナウンスが流れていた。

あの日、自転車屋のおじさんが降ろしてくれた駅までたどり着いた。

駅の周りを見渡したが、不良たちは見当たらなかった。ベンチに腰かけて誰かが来ないかと待った。今日はダメかもしれない、この吹雪だ。二時間ほど待って誰も来なければ次の電車で帰るしかない。諦《あきら》めかけて、踵《きびす》を返しかけたとき、公衆トイレで大きな音がした。安普請《やすぶしん》のトイレの戸は立てつけが悪いらしく、開閉するたびにギシギシと大きな音がする。お年寄りが転んで怪我でもしているのではないかと、トイレに回ってみると、どうやら人がいる。汲み取り式の和式トイレの個室がふたつと、男性用の尿便器がひとつ。すえた臭いがツーンと鼻につく。若い男がトイレの外側の扉にもたれかかって、薄汚れた地べたにべったりと座っていた。

それは間違いなくあのときのひとり、キムラの顔だ。キムラは一瞬、首を傾げた。そして、私が誰かを思い出すと、驚いた顔を隠すようにしてそっぽを向いた。慌てているのを取り繕《つくろ》うかのように、透明なポリ袋を膨《ふく》らませたり萎《しぼ》ませたりしながらシンナーを吸っている。

本当に嫌だったが、勇気を出して声をかけるしかない。

「この前の私の鞄。どこにあるかわかりませんか?」

キムラはしばらく無言だった。だけど私はひるまなかった。大声を出した。

「聞こえませんか。私の鞄はどこにありますか」

私の表情から怒りを察したのか、キムラは目をそらし、地べたに座ったまま少し後ずさりしながら教えてくれた。

「マサアキの、母ちゃんの男の家……ハヤタって家」

マサアキ。ああ、あの金正日によく似た豚のような男か。あの男の母親のところに私の鞄はあるのか。

「場所はどこですか？」

キムラは決して目を合わせようとせずに、たどたどしい口調で、早田というその豚の母親の、再婚相手の家の道順を私に教えた。歩いて一〇分ほどだという。眼の焦点が合っていない。キムラは吹雪の中、シンナーでラリっていた。蹴り倒したかったが、何もせずにトイレを離れた。意を決し、その部屋に荷物を取りに向かった。

教えられた通りに歩くと、「早田」という表札の家を見つけた。たいして大きくはない、古い平屋の一軒家だった。

軒先に大きな檻《おり》があり、熊みたいな大型の犬が二頭繋がれていた。二頭とも年老いているのか、ぜえぜえと荒い息をして涎《よだれ》を垂らしている。私を見ても吠えることもなく無反応だった。鍵はかかっておらず、玄関を開けると、すぐに六畳ほどの和室があって、大きな木彫りの置物にもたれるようにして、見おぼえある金髪頭があった。

フルカワだった。

そっと覗くと、フルカワは、注射器を片手に苦戦している。覚せい剤？　血管がうまく見つからないようだった。

「すいません」

声をかけると、びくっとして注射器を畳に落とした。心底驚いた顔をして、私を見た。

「私の鞄とマフラーを返してもらいに来ました」

見知らぬ女を見るように、フルカワはこっちを見た。そして、数十秒ののち、顎の先で隣の部屋を示した。その部屋の片隅に私の鞄とマフラーが置いてあった。捨てられていなくて、本当によかった。

当時、女子高校生の定番だったタータンチェックのマフラー。大丈夫、鞄には教科書も入っている。

マフラーを巻き、慌てて早田の家を立ち去る。

我ながら、なんという恐ろしいことをしたのだろうか。

もしももう一度同じことをされたらどうするつもりだったのだろうか。

思い出すとまた、全身に震えが訪れた。震えながら歩きだすと、やがてそれは胃の底からマグマのように湧き上がってくる苛立ちへと変化をした。馬鹿な男たち！　シンナーと、覚せい剤の注射をやっていた！　本当に馬鹿な男たち！　あんな馬鹿な男たちに一晩も輪姦され続けたなんて！　ひとりひとりだと、私の顔もまともに見られない、弱っちい、馬鹿な男たち！

苛立ちは収まらなかった。

そのとき、数メートル先に、煙草の自販機が見えた。私の中に、そのとき精一杯の考えが浮かんだ。

煙草を吸ってみようか。

キティちゃんの小銭入れから小銭を出す。メンソールの1ミリグラムが軽い音をたてて落ちてきた。

初めて気管に入れた煙草の煙に、しばらく咳込んだ。咳込むたびに、思い出したように陰部がズキズキと痛んだ。大丈夫、この煙草というやつが、痛みも苛立ちも鎮めてくれるはずだ。私はもう一度大きく煙草を吸い、そしてさらにごほごほと老婆のように咽せてしゃがみ込み、苦しい胸を押さえながらまた歩をすすめた。

ああ一体何をやっているのだろう！　馬鹿な私！　弱っちい、馬鹿な私！　家に帰って勉強しなければならない。もう受験まで時間がないというのに。この煙草、どこに捨てようか。

歩いていると背後にすぅーっと静かに黒いセダンが近付いて来た。そして、私を追い越してぴたっと止まる。テールランプが獣の角のように威嚇《いかく》した。それは、さっき鞄を取りに行った早田の家の門扉のところに駐車してあったマジェスタだった。間違いない。私は立ちすくんだ。

スモーク貼りになった助手席の窓が静かに開いて、私の父親くらいの男が顔を出す。そして、さっきの家の持ち主、つまり豚の母親の再婚相手の早田という男だと自己紹介をした。

「おい、お嬢ちゃん。息子の友達だかなんだかは知らないが、家まで送っていくよ、寒いだろうから」

ディズニーのキャラクターの刺繍が入った真っ赤なセーターに、茶色のサングラス、スキンヘッド。どう見ても、普通のおじさんじゃないみたいだった。戸惑いはあったが、家まで送ってくれるというのだから助かる。電車賃も浮く。

さっきの煙草の効果が、早速こんなところに現れた。

あの獣の一味の家族だというのに、私はそのとき、怖いと感じなかったのだ。ポケットの中の、煙草の箱を握りしめた。そして、おじさんに向かってにこっと微笑んでみせた自分に自分でも驚いていた。

「ありがとう、おじさん」

重たいドアを開けて、革の匂いのする助手席に乗り込んだ。

こんな高級車に乗ったのは生まれて初めてだった。ガタガタと馬車みたいに走る、うちのボロボロの軽トラックとは大違いで、座席が大きくて柔らかい。吹雪いている雪の道でもこんなに滑らかに走る車が世の中にはあるんだ。

なぜだろう、居心地がよかった。

そして、今年は雪が多いとか、何年生で学校はどこに通っているのかとか、どんな勉強をしているのとか、他愛もない話をしていた。しばらく走ると、早田はハンドルを握りながらこう訊いてきた。

「あのさ、もしも嫌じゃなかったら……おまえにお小遣いをあげたりする関係というか、面倒を見る関係というか……そんな関係になりたくてさ」

無表情だった。数秒、私は言葉の意味を脳内にめぐらせた。

「売春、ということですか？」

私は今も昔も、わからないことは素直に聞いてみる。しかし今、売春という言葉を生まれて初めて口に出したと思う。ばいしゅん。煙草をしのばせて、わけのわからないおじさんの車の助手席に乗っている私に、なんともぴったりな言葉であることに、声に出してから気が付いた。

「売春？　いやいや、そういうよりか、ほらなんていうの、ほら、今流行っているあれだよ、援助交際ってやつだ」

顔色ひとつ変えずに早田が言った。

その言葉も知っている。今、女子高生でブームなのだと、新聞に載っている週刊誌の見出しに何度も書いていあったから。東京で流行っているという、「あれ」のことだ。言葉の意味をもう一度咀嚼して思わず噴き出した。だって、えんじょこうさいってつまり、ばいしゅん、のことでしょう。

うっかり笑った自分に、自分で動揺した。

獣に輪姦されたあの日から、まだ一週間も経過していない。それなのに今度は、私は、中年の男性相手に売春をするのだろうか、しかも血の繋がりはないとは言え、あの獣の親だという男に……。

早田の顔からは、どこまで真剣なのか、ただの冗談なのかは読み取れなかった。確かに売春と言われるよりも、援助交際だと言われたほうが、罪が軽くなるような気もした。だけど待って、罪が軽くなる？　そんなことを今更気にして何になるのだろう？　だって、私は元日の夜に死んだのだ。

殴られて、咥えさせられて、一晩中輪姦されて、その上、親にも「不良娘」と罵られ続けた挙句、何十回も殴られた。親は、すべての罪は私にあると言い続けていた。

だから殴られて当然なのだと。それくらい、おまえは不良娘になり下がってしまったのだから、と。昼も夜もじんじんと疼いていた陰部の痛みは、いつしか何度もリストカットを繰り返した腕へと移動していた。まるで手首に心臓が棲みついたかのように。


おまえにすべての罪がある……父の声が聞こえてきた。

元日の雪の中で私を待たせた責任をとれ……母の声が聞こえてきた。

そうだ。全責任が自分にある。金も自由もない、十五歳の私に、責任だけはある。

「わたしを、守ってくれますか」

「えっ?」

早田は不思議そうな顔をして私を見た。

「いえ、何でもありません」

「じゃあ、いいのかい」

私は無言を貫いた。その無言を、早田は「契約成立」と受け取ったらしかった。じゃあ行こうか、と黒のマジェスタは、私の家とは違う方向、遠く新幹線の駅のある繁華街のほうにハンドルを切った。

早田はその後も、とりとめのない世間話をしていた。時折、ミラーごしに私の顔色を窺っていた。お腹すいてないか、何か食わなくても平気か、と何度か訊いてきた。私は何度も無言で首を横に振った。

町のはずれにある、古びたレンガ色のモーテルに到着した。そこはひとつひとつがガレージ付きの戸建になっていた。駐車して錆びたシャッターを降ろす。木目調の軋む玄関ドアを開けると、黴《かび》なのか空調のせいなのか、何とも言えない古い家の臭いがむぅーっとする。

狭い玄関で、あの日と同じこげ茶色のハルタのローファーを、今度は自分から脱いで部屋に上がった。薄汚れた部屋の中には、さらにその安っぽさを演出するような、毛羽立った真っ赤な別珍のソファ。その奥にペラペラの趣味の悪い柄の蒲団で覆われたベッドがあった。何もかもが不潔な佇まいだった。早田はドカッとそこに腰かけると、リモコンでテレビの電源を入れた。手慣れた様子でチャンネルを変えると、若い裸の女の尻がいきなりドアップで映った。モザイクがかけられており、ぺったんぺったんと音がして、後ろからペニスを入れたり引き抜いたりされるたびに、ああ、ああああっイッちゃうイッちゃうもうイッちゃうと大袈裟な声を出して女が喘《あえ》いでいた。

「気持ちいいのか？」

というテレビの男の声が、一瞬、一週間前に聞いた獣たちの声と重なって、総毛立った。そして自分の意思でモーテルまでついて来たくせに、今さら怯《おび》えている自分を滑稽《こっけい》に思った。

早田の隣に座る気にはなれなくて、ベッドの端に浅く腰かけた。早田がクロコダイルの黒い長財布を私に投げてよこした。ずしっと重い財布だった。

「先にここから金とれよ」

手が震えた。その財布の中には福沢諭吉が一〇万円ごとにきれいに札を折って仕切られていて、三〇万円くらい入っていたと思う。

「ぜんぶ、いいんですか？」

「ふん、ぜんぶ欲しいのか？　欲しけりゃ構わないよ」

私はしっかりその三〇万円をいただいた。そして、さっき取り返したばかりの、くたびれた通学鞄の奥底にしっかりとしまった。

義理とはいえ、息子のしでかした罪の重さに少しは気が付いているのだろうか。それともお金を渡せば口封じになると思ったのか。せめてもの罪滅ぼしを兼ねて、ちゃっかり自分も若い女の身体を味わいたかったのか。中身がだいぶ軽くなった財布を丁寧に閉じて返すと、早田は汚れきったような薄笑いを浮かべていた。お金をもらい過ぎたのかなとも思ったが、欲しけりゃ構わないと言ったのは向こうだ。このディズニーのセーターを着た海坊主のような男にとって、三〇万円がどれくらいの価値を持つのかはさっぱりわからなかったし、それほど一生懸命に考える気にもなれなかった。

早田が服を脱ぎはじめた。セーターを脱いで白い下着一枚になると、首元には太い金のネックレスが鈍く光った。その金の鎖につながるようにして、背中に黒っぽい塊が見えた。横目でもう一度確認すると、それは和彫りの刺青《いれずみ》だった。昇り龍や牡丹《ぼたん》など、一縷《いちる》の絵が男の浅黒い皮膚の上にあった。そしてその絵は、背中だけでなく、肘や太腿にまで広がっていた。テレビの時代劇でしか見たことがなかったものが目の前で動いている。言葉が見つからなかった。

「驚いたか。刺青を初めて見るのか。昔は太っていて、この龍ももっと格好よかったんだけどな、病気で痩せちまったんだ」

目だけをギラギラさせた早田の体形は、あばら骨が見えるわりに下腹はでっぷりとたるんでいて、確かに少し不健康そうだった。凄いだろう、と笑ってこちら側に背中を見せてくれたが、笑い返すことができなかった。よく見ると、左手の小指も第二関節あたりから欠損していた。私はこれから、とんでもないことをしでかそうとしている。しかしお金はもう、通学鞄の中だ。お金をもらったのは私だ。早田を選んだのも私。一週間前とは、まったく立場の違う場所に立っている。後戻りはできない。

痩せた昇り龍が、挑むように私を見つめていた。

「……トイレに行ってから、お風呂にお湯をためてきます」

ようやくお風呂場に逃げ込んで、何度も何度も深呼吸をした。青錆びの付いたかたい蛇口をひねると嫌な音を立てて茶色いお湯が噴き出した。部屋は寒々としていた。吹雪いている外よりも、少しはマシだというくらいにしか暖房は機能していなかった。寒かった。この際、お湯の色などどうでもいい、私は冷えた身体を一刻も早く温めたくて、早田と一緒に薄汚れた丸い浴槽に入り、茶色のお湯に浸かった。

早田は舐めるような目線で湯船の下の私の裸を眺め、色の白さを褒めた。湯船から一緒に出ると、安っぽい黄色いスポンジに石鹸を泡立てて、私の陰部を洗いくちゃくちゃと指を入れてきた。陰部を弄ぶ欠損した男の指を私は黙って見つめていた。クリトリスを剝かれ（と言っても、そのときはそれがクリトリスというものだとは知らなかった)、何度もそこを指で丁寧に往復させた。ゆっくりだったり急いだりして、いつしか石鹸以外の粘度を、自分の股間に感じていた。早田の肩にかかった牡丹の薄紅の花びらを見つめながら、どんどん息苦しくなる。次は俺の番だ、と早田は言うと、泡に包まれた股ぐらを洗うように私に命令をした。

お金を頂戴する代わりにリスクをとることを決めたのは私自身だ。

何度も自分で自分に言い聞かせながら、早田のペニスや尻のあたりを泡で撫でるように包んだ。尻の穴のほうも泡で撫でた。この部屋にいるあいだは、三〇万円という大金をどうやって家まで無事に持って帰れるかだけを考えることにした。シャワーを浴びて一緒にベッドのそばへ行くと、早田はベッドの上に両足を開いて仰向けになった。

「早くこっちに来て、咥えろ」

恐る恐るベッドに上がる。早田のペニスは、お風呂のときからずっと萎んだまま。顔を股間に近付ける。どのようにすればよいのかよくわからなかったが、ふにゃふにゃのペニスを口に含み、一生懸命に顔を上下させた。ときには舌をまとわりつかせた。陰嚢《いんのう》に指を這わせてみる。早田が気持ちいいのかどうなのかも、わからなかった。でも私の口の中で少しだけ、早田は勃起しだしたようだった。最中に、舌先が何か固い突起のようなものにぶつかった。イボがある？　それはひとつだけでなく、少しだけ勃起したペニスに万遍なく、一〇個ほど舌で確認して冷や汗が出た。この前の夏、保健体育の授業で習ったコンジロームという性病ではないかと不安になったのだ。どうしよう。病気になったらどうしよう。しかし、すでにお金をもらってしまっているのだから、今さらやめるとは言えないと思いながら、懸命に唇を動かした。なるべく舌先がイボにあたらないようにして、吸ってみたりもした。

「ああ、そうそう、そうだよ、うまいじゃないか。ああそう。ああ」

相変わらずふにゃふにゃのままだったが、口の中で不意に生ぬるい液体を感じた。

「俺さ、糖尿病だからさ。こっちはほとんどダメなんだ」

射精し終わるや否や、何かいろいろと言っていたが、よく聞こえなかった。

ドロッとした苦い液体が口の中に広がった。これを飲めというのか。ありえない。呼吸をするとすべてを吐き出しそうだったので、息を止めたまま、枕元に置いてあった厚く埃の積もったティッシュボックスからティッシュを大量に取り、その中にペッと吐き出して、そのまま洗面所に駆け込み、何度も何度もうがいした。それでも気が収まらず、再び風呂に入った。安っぽい香料の業務用石鹸を体にめいっぱいつけて、何度も茶色のお湯で洗い流した。早田の体臭や指で触った跡が少しでも私の身体に付着しているのが本当に気持ち悪かった。色褪《いろあ》せたオレンジ色のバスタオルは、どれだけの人が使ったのだろうか、端が破れて穴が開き、擦れて向こうが見えるほど薄くなっている。生乾きの臭いが気持ち悪くて仕方がなかった。

男って、なんて気持ちが悪いのだろうか。
そして、こんな男と交わらないと生きていけないのが女なのだろうか。
セックスなんて、何が楽しいのだろうか。セックスなんて、最低だ。

最低なことをさせてあげる代わりに私はお金をもらうのだ。
お金をもらうから、我慢して脚を開くのだ。
死んだ私の身体を、お金を出す男に差し出すのだ。それで男は喜ぶのだ。
ふにゃふにゃのペニスは、私にお金をくれる棒。

だけど早田は誠実な男だとも思った。経済と若い肉体の等価交換をするのだから。誠実な早田の前で、死んだ私の肉体も、誠実でなければならない……いつしかそんなロジックが私の中でできあがり、今後も早田と付き合うことにした。

家に帰ると無言で自室に駆け込んで、小さな洋服箪笥を移動させ、畳をひっぺがえした。封筒に入れた三〇万円という大金を、しっかりとその奥にしまい、また家具を元の場所に戻した。畳の下とは自分でも名案だと思った。母親は私が不在のときに勝手に人の部屋に入り、机の引き出しや箪笥の中を確認する人だった。このお金だけは、絶対に親に見つかってはならないお金だ。このお金がきっと私の希望を叶えてくれる、足がかりになる。この家を出るためのお金。そして、いずれ、早田の義理の息子も含めた、あの男たちを殺すための。

三学期が始まって少しすると、私が集団レイプされたことが、小さな学校内ですっかり噂になっていた。

一月二日の朝、決死の覚悟で電話をかけたふたりの友だちも、訳知り顔で私のことを見た。真面目な男の子たちの集団は、私をそこに存在しないものとして机の横を通り過ぎていった。

連れ去られた駅のトイレの壁に、「あんあんあん、ちょうだい、ちょうだい、いく、いく、いくーっ　アバズレのヨウコ」「誘ってくださいね。ヤリマン葉子の電話は○△××‐○○‐○○○○です」「○○中学ですぐにやらせてくれる女は○組の出席番号△番。住所はここ↓」とあろうことか、自宅の住所や電話番号まで書かれていた。

上からマジックで塗りつぶすのに手間がかかった。鞄にいつも油性マジックを入れて通学することになった。本当に消したいのは、この落書きではなくて、揶揄したり無視したりする同級生たちの顔だった。そうだ、卒業アルバムができたら私を嗤ったクラスメイトをこの油性マジックで片っ端から塗り潰そう。

受験勉強はまったく捗《はかど》らなくなってしまった。どうせ未来がないのならば良い高校に入っても仕方がないのでは、という暗い気持ちが生まれてきた。将来は学校の先生か看護師になりたいと漠然と抱いていた夢も、もはやどうでもよくなった。

二月になり、高校受験直前になって私は、地元一番の進学校を受験するのを取りやめ、一ランク下の偏差値の高校を受けることにした。担任の女教師も、私のことを心配するでもなく、「不合格者を一人でも減らすこと」だけに精一杯のようで希望は事務的に受け付けられた。志望校の変更を両親に伝えたが、まったく興味がなさそうであった。「金さえかからなければどこの高校でも構わないよ」、大根おろしを作る手を休めずに母は言った。

セックスと摂食障害とエヴァンゲリオン

山奥の田舎町で、めでたくアバズレのヤリマンという称号をいただいた私は、無事に志望校のランクを落として地元の県立高校に進学した。

高校生になってから、ときどき、煙草を買うようになった。両親は、煙草のことを知っていて知らぬふりをし、的外れな言葉でときどき私を罵った。

早田と週に二回は会うようになっていた。初めて会った日以降、会うたびに七万円をくれていたが、徐々に三万円しかくれなくなっていた。

買い慣れた女は、値切られるのだと、高校一年生の春に知った。

値切られても週に六万円の収入は大きかったし、早田以外の誰かに会って「援助交際」する気にはまったくなれなかった。背中の昇り龍も牡丹の花も、見慣れてしまえばなんとも思わなかった。

そう、うまく言葉にできないが、そのころの私は早田と一緒にいる時間が一番安心できたのは間違いない。好きだったとか愛していたとか、そんな気持ちはさらさらない。もっと正確に言えば、もはや自分には異性を愛する感覚など一生訪れないことをどこかで悟っていた。彼氏をつくりたいという気持ちがわからなかった。だって、すべての男は気持ちが悪い。刺青の男に抱かれることには慣れたが、ふにゃふにゃのペニスから口の中に放出されるすえた臭いの精液には慣れることなどなく、口内発射されるたびに吐き気を催す。それでもなお、早田との時間だけが、奇妙な安寧《あんねい》を得られるひとときだったことは否めない。

早田に会うときは、少し離れた街の駅で待ち合わせをした。正月の一件以来、さらに門限が厳しくなっていた。遅くても夕飯までに帰らないと、容赦なく父の鉄拳が飛んでくる。だから平日の放課後に会うときは慌ただしかったが、やましいのはお互い様なので、早田も理解してくれていた。

「俺みたいなヤクザと付き合っていることがバレたらまずいだろう。後部座席に横になって隠れていろ。見つかるなよ」

早田は、一番はじめにマジェスタの助手席に乗せてくれて以降は、決してそうはさせず後部座席に横になって身を隠せときつく言った。それは、私に対して配慮するふりをしながら、しっかり自分の身を守る術だと何度目かでわかった。早田は「おためごがし」が得意だった。高校生の私とのセックスは「淫行」とされて犯罪であり、自分の身が危険に晒されるということをよく知っていたのだ。

時間があるときは、早田はベッドで私を抱き寄せながら、若いころの話を訥々《とつとつ》とするようになった。組のトラブルで殺人未遂事件を起こして長年刑務所に入っていたこと。服役中は機織りや家具製作の作業をしていたこと。その後も、覚せい剤がらみで三度の逮捕と、二度の離婚を経験したこと。それから、学校では教えてくれないような、ひとりで生きていく術も教えてくれた。飲み屋で席を離れるときにはお酒に何か入れられる可能性があるから、その都度に新しい物を注文すること。急激に痩せたり太ったりすることは、薬物使用疑惑を持たれたりして、人間関係をおかしくする可能性があるから十分健康に気を付けること……どれもこれも、あまり役に立ちそうにもなかったが、私は今でもそれらの処世術をときどき微笑ましく思い出す。

ある日、意を決して、口内発射の後で機嫌がよさそうな早田に訊いてみた。

「あの、前から気になっていたのですが、おチンチンにあるイボって病気ですか？感染しませんか？」

早田は口元だけ笑いながら、こう言った。

「これか。気になったか。これは刑務所にいたときに、歯ブラシの柄を丸く削って入れたんだよ。出所して女を抱いたときに、女を喜ばせるために入れるんだ。刑務所にいたことがあるヤツなら大抵は入れているよ」

「えっ？　歯ブラシ？　痛くはないんですか？」

「ペニスの皮を切り開いて、そこに玉を入れるだけだからね。なあに、たいしたことじゃないね。尻を少しひねった程度の痛みだよ。性病なんかねえから心配すんな。俺は今、葉子としかこういうことしてねえし」

「本当に？　奥さんとはこういうことしないのですか」

「しないね。カミさんとこういうことしたって面白くもなんともないよ」

「奥さんのこと、嫌いなんですか」

「嫌いじゃないけど、やりたいとは思わないね」

「男の人って、みんなそういうものですか」

「さあ、どうかね。中にはいるんだろうが、たいていの男はカミさんの裸なんて興味ないもんだろうね。飽きちゃうよ」

「じゃあ早田さん、私のこともそのうち飽きるのかな？」

「どうかねえ。おまえのことはまだまだ飽きそうもないけどなあ。飽きる前にまた警察にパクられるかもわかんねえしなあ。今ムショに入れられたら、おまえと会えなくなるから寂しいなあ」

早田のギラギラした目は、様々な種類の人間の、よいところも悪いところも、汚いところもたくさん見てきたのだろう。大多数の人間が一生涯のうちにほとんど経験しないであろうことを多く経験してきた彼の言葉に、嘘はなかったと思う。他人から見たら汚く生きていても、嘘がない人間が世の中にはいる。それは大きな発見だったし、楽な気持ちになったものだった。

ホテルの帰りはいつも自宅近くの農協の倉庫の駐車場まで送ってもらっていた。そこから一〇分ほど歩いて帰宅する。ラブホテルの安っぽい石鹸の残り香を気にしながらそそくさと自室に帰り、部屋着に着替え、畳をひっぺ返してお金をまとめる。その後、土間の食堂で夕食を摂る。我が家の献立はたいてい決まり切っていた。ごはんとお味噌汁と、川魚のどんこの煮付け、筑前煮、お新香。幼いころから何も変化のない食卓。どこまでも質素倹約を尊ぶうちの食卓に、ハンバーグやスパゲッティ、グラタンなどの洋食が並んだことはただの一度もなかった。クリスマスや誕生日にケーキやジュースが並ぶこともなかった。その代わり、お祝いの日には祖父が臼《うす》と杵《きね》で搗《つ》いたお餅と、薪の釜戸で蒸かしたお赤飯が出た。私が初潮を迎えた日も無言で皆で赤飯を食べた。そのときは仕方なしに嬉しいふりをした。

簡素な食事を味わうこともなく口いっぱい詰め込み、飲み込むと、すぐさま家の外にあるトイレに駆け込んだ。いや、トイレというよりも、便所という言葉がふさわしい。和式の汲み取り式の床に膝をついて、右手の人差し指と中指を口の中に突っ込む。喉の奥に2本の指を進めると、あっというまに酸っぱいものが込み上げてくる。喉の奥というか食道の入り口に、嘔吐を促すスイッチがあることを、いつしか指は覚えていた。スイッチを押してまもなくすればさっき食べた味噌汁や米が、勢いよく逆流してくる。そこで指を限界まで押し込み、一気に吐く。

すべてを吐き出したい。

まだ食物が胃の中に残っているかもしれない。

指を何度も押し込んで、酸っぱい胃酸しか吐き出せなくなるまで続ける。今日もラブホテルで早田のペニスを咥えてきた口から、数時間後には食べ物を取り込まないと、生きてはいけないという不条理。いつしか過食嘔吐の症状は、学校の休み時間も行われるようになった。昼休み、ずっとトイレに籠っていることもあった。「淫乱女ヨウコ」と書かれている落書きを横目に、食べたばかりのお弁当の中身を吐く。私の喉は精液と胃液と怒りと哀しみがないまぜになって、いつも焦げ付くようだった。

右手の甲には、吐くために人差し指と中指を喉に入れたときに歯が当たってできた「吐きダコ」ができ、どんどん大きくなっていった。

リストカット癖も治まらず、ときには手首だけではなく、その吐きダコをI字の剃刀で切った。腕の切り傷は浮き上がり、左前腕には無数の線が付いていた。そのうち指を入れてもうまく吐き出せなくなり、ピンクの粒の下剤を濫用《らんよう》していた。下痢が続くせいか肛門が切れていつもヒリヒリ痛かった。

教室内での私への嫌がらせはエスカレートしていくばかりで、ただ無言を貫くしかなかった。下駄箱の中に「消えて失せろ、ヤリマン」「来週おまえを犯してやる」といったメモ書きが入っていることもしょうっちゅうだった。あるとき、購買で昼食のパンを買おうと並んでいたら、隣の列に並んでいた女が、「臭いから並ぶなよ、あっち行けよヤリマン！」と大声で叫んだ。さざ波のように笑い声が起きた。「ああヤリマンのおかげでパンが腐っちゃう」とその女が続けたとき、「ちょっとあんた、何言ってんの？　彼女がそういうことをしているの、見たわけ？」と抗議してくれた子がいた。

「見てもいないこと、言ってるんじゃないわよ。ブス！　葉子さんが可愛いから嫉妬しているんでしょう？」

振り向くと、同じクラスの子だった。その子の真剣な抗議で、女もそれ以上、私をからかうのをやめてくれた。帰り際、その子に御礼を言った。

「助けてくれて、ありがとう。すごく嬉しかったです」

「御礼を言われるほどのことじゃないよ。許せなかっただけだから」

その子はクラスでも一番地味な、いわゆるアニメオタク系の五、六人のグループに所属していた。休み時間はノートにアニメキャラクターを描いたり、アニメ雑誌を開きながら楽しそうに談義していた。お洒落な子は誰もいなくて、一番、色気のないグループだった。その事件の後も、相変わらずお弁当はひとりで食べていたけれど、ときどきはそのグループの輪に入り、アニメ雑誌を読ませてもらうこともあった。

「これはなんというキャラクターですか?」

「えっ? 葉子さん、エヴァを知らないの?」

「エヴァ?」

「やだなあ、『新世紀エヴァンゲリオン』だよ。この子は綾波レイっていうヒロイン」

「へえ、ステキだな、この女の子」

綾波レイは青い髪をして、寂しそうな目をした女の子だった。その瞳が、私と同じくらい、孤独な感じがした。

「来月、エヴァの映画を皆で観に行くことになっているんだけど。よかったら一緒に来る？」

嬉しかった。高校時代で一番楽しかった思い出と訊かれたら、同級生と一緒にエヴァンゲリオン劇場版を観た日、と答えると思う。電車を乗り継いで、新幹線が通る大きな街まで行って、映画館で映画を観た。夢のような一日だった。映画を観た後は、ヒロインの綾波レイよりも、惣流《そうりゅう》・アスカ・ラングレーという女の子のキャラクターに惹かれた。

アスカは明るくて、負けん気が強くて、いつも強く振る舞っている。でも、あるとき封印していた過去を曝されてしまい、大きな精神的ダメージを負っている。いつも無理して強い女の子を演じているのだ。ある意味、綾波レイよりもひねくれている。「他人から必要とされる存在でなくてはならない」と願いつつ心の闇を抱えている。そこが好きになった。私はそれから、下敷きやシャープペンなど、エヴァのグッズを集めるようになった。自室でリストカットをしそうになるとき、机の上にあるアスカのフィギュアを見つめて思いとどまれることもあった。彼女たちのグループとは、友だちと呼べるほど仲良くはなれなかったけど、私を助けてくれる人も学校にはいるんだと思えることが、どれほど心強かったかは計り知れない。

その彼女が「一緒に行こうよ」と言ってくれたが、結局、沖縄への修学旅行は欠席した。楽しいことが待っているとは思えなかった。「馬鹿らしいねえ。子どもを沖縄に行かせるなんてさ、ふん、私だって行ったことないのに。冗談じゃないよ！」と母もあからさまに嫌な顔をしていたので、「経済的理由」と言って先生に欠席願いを出した。

修学旅行中、私だけは午前中、補習授業として学校に行き、午後は早田と会っていた。今頃、同級生たちは何をしているのだろう。いつものラブホテルのベッドの中で、見たことがない沖縄の海の青さを想像した。早田の腹に乗りながら、一度も乗ったことのない飛行機から見る空と雲を想った。

「葉子、本当はおまえ、行きたかったんだろう？　修学旅行」

幼い子をあやすようにしてベッドの中で早田は私の長い髪を撫で続けた。

「そんなことない……ちっとも羨《うらや》ましくなんかありません」

「いいんだよ、俺の前では無理しなくても。素直でいろ」

その日、早田の胸の中で号泣した。彼の前で初めて泣いた。前から一度、そうしてみたかったのかもしれない。


――誰かと話すって心地いいのね。知らなかった。

これはエヴァに出てくるアスカの台詞《せりふ》だ。そう、もっと好きな台詞もある。

――傷つけられたプライドは、十倍にして返してやるのよ。

愛人を捨て、家を捨てて、東京へ行く

待ちに待ったその日がやってきた。

父に、高校卒業後は東京の大学に進学したいと打ち明けたのだ。嘘。進学は口実。一日も早くここを出たかっただけ、この家を、この街を。

「何を言ってんだ、おまえは女のくせに。寝言も休み休み言え！　高校を出たらとっとと嫁に行くか、農協にでも就職しろ。それが女の道だ」

だけどたじろがない。想像していた通りの返事だったから。

うちが決して楽ではないのはよくわかっている。私の下に、四人の弟と妹がいる。生活が楽ではないのは子どもながらに十二分に感じていた。

都会暮らしの人は、家が大きければお金持ちに違いないと決めつけるようだが、山奥の暮らしではそんな論理はちっとも通用しない。田舎の山の土地なんてタダ同然で、貧乏御殿なんて山ほどある。

あれは私が中学二年のころ。

東北地方は未曽有《みぞう》の冷夏に見舞われた。夏だというのに日はほとんど照らず、雨ばかりが続いて、その影響で夏が終わり、稲が実を付ける時期になってもほとんど育たなかったのだ。戦後これまでにないほどの大不作だった。不作でも、経費は毎年数百万円単位でかかっている。農協からの運転資金の借り入れで、なんとか経営が成り立っている大多数の農家は、秋、米の収穫、出荷の後に返済する予定になっていたのが、大きく歯車が狂った。

行き詰った挙句に自宅の納屋や近くの雑木林で首を吊る経営者もいた。

「隣の集落の〇〇さんも昨日、首を吊ったってさ。参ったなあ。おまんま食い上げだ。悪夢を見ているみたいだ」

父は塞《ふさ》ぎ込み、会話のない家庭はさらに会話がなくなっていった。

お上は日本の米を守る気がないのだ、と大人たちは口々に言っていた。

一千万円近い返済が滞れば、場所を変えることのできない農業経営は行き詰まる。かつては豪農と呼ばれた私の家も、それは同じことだった。それでなくても毎年、農協からの米の買い取り価格が下がっていて、暮らしぶりは傾いていた。儲からないうえに莫大な借金が嵩《かさ》むだけ嵩んでいき、父親の苛立ちは酷くなるばかりだった。その冷夏の年をきっかけに、父と祖父は、経営方針を巡ってよく口論をするようになった。行き場はない。農業以外、今さら我が家に何ができるというのか。

だから、いくら学校の成績がよくても、お金がなければ進学できないことは馬鹿な私にもよくわかっていた。まして女に学問は不要と端から決めつけている父だ。

幼いころ、周りの友だちが持っているように、リカちゃんかシルバニアのくるみリスさん一家の人形が欲しいと思っていた。よく近所の同級生の家に遊びに行っていた私は、同級生の弟が悪戯《いたずら》して、ハサミで髪を短く切られた坊主のリカちゃんをたまに貸してもらえることがあった。人形を持っていないのでは遊びの輪に入れてもらえないので、坊主頭のリカちゃんでも貸してもらえるだけありがたかったが、本当に惨めだった。しかし、どんなに乞うてもあの愛らしい人形たちが我が家にやってくることはなかった。「人形なんて贅沢品だ、人形を可愛いがる暇があるなら、もっと妹と弟の面倒を見ろ」。人形どころか、女の子が一度は憧れるレースのついた服さえも贅沢品。私の定番はいつも袖の擦り切れたトレーナーに膝の出た綿のズボン。制服以外に持っている服といえば、それだけだった。父は私に言い続けた。

「贅沢を覚えると女は堕落する。女なんてものは、将来どんな男と一緒になるかわからないのだから、どうなっても困らないよう質素に育てないといけないんだ。おまえに贅沢をさせずに育てたことを、いつかおまえは感謝するようになる」

この論理はおかしい。贅沢をさせずに暮らしている妻は、一切、夫に感謝をしていないのだから。母がブラウス一枚、スカート一枚、父から買ってもらったという話を私は聞いたことがない。今さら確認する気もないが、結婚指輪さえないのではないだろうか。吝嗇《ケチ》な農家の長男のところに嫁いだばかりに、一生の貧困を約束された女は、お腹を痛めて産んだ娘に「せめて娘だけは可愛い恰好をさせてやろう」とは思えないらしい。

私が思春期を迎え、娘らしくなるたび、近所の誰かから「美しい娘だ」と褒められるたび、母が面白くなさそうな顔をしているのには気が付いていた。皹《ひび》割れて乾燥した唇の端から、「母である私を差し置いておまえだけ幸せになるのは許さない」という声が漏れ聞こえそうだった。

「この家が金持ちだと聞いたから嫁いだのにさ、騙されたも同然だよ」

母は悪びれる様子もなく、農作業をしながらときどきそんな言葉を、祖母に聞こえるように漏らしていた。祖母は聞こえないふりをしていた。

父は三十歳近くになってからの結婚で、当時のこの地方にしては晩婚だった。五歳年下の母とは町の仲人さんによって引き合わせられた、お見合い結婚だったという。

父と母は、自分をよく知らない人同士の結婚だったのではないかと思う。父は田舎の人にしては高学歴で、国立大学を出たことをただひとつの矜持《きょうじ》として、周りを見下しているようなところがある男だった。地方ではまだ根強く残る「家督《かとく》制度」を受け、長男というだけで特別扱いされて育ったという人だった。農家の家屋は大きくて、寝る場所と米と味噌と野菜だけは潤沢にある。父はそれだけで五人の子どもを育てられると安易に考えたのか、またはセックスすることと食べること以外に楽しみのない山の中で、避妊もせずに真面目にそれを頑張ってしまったのか。

子どもはいつも誰かと誰かが喧嘩をし、ギャーギャーと泣き喚いて、障子や襖は破れ放題だ。そこに母の怒鳴り声が重なる。

遺伝なのだろう、私と同じように、強度の近視を矯正するために分厚い眼鏡をかけた母親は、すね毛も腕毛も髪の毛みたいに生えていて、頭は剛毛の天然パーマで鳥の巣のようになっていた。まだ四十歳前だというのに、買い物に出るときもお化粧すらせずに、ズボンの上にだらしなく乗った腹肉をボリボリ掻《か》きむしっていた。とっくに女を諦めていた。とっくに人生を諦めていた。子どもたちが家の中を走り回り、座敷の畳や縁はボロボロで、所々擦れて穴が開いていたって我関せずだ。それに母は、清潔という概念がないのか、ほとんど洗濯をしなかった。何日も同じブラジャーをつけていた。私が小学校低学年のころ、あまりに臭って学校から注意されたことがあった。それ以来私は、自分の服と弟や妹の服は、外にある井戸水を盥《たらい》に汲んで、じゃぶじゃぶと手でしごいて、自己流で洗濯をしていた。冬場の水は凍えるほど冷たくて、苦行のようだった。母は面白くなさそうな顔をして、そんな私を眺めていた。

　早田からもらうお金が畳の下で貯まるたびに、母を同情の目で見ることができるようになった。珍しく真面目な顔つきで新聞と睨めっこしていると思ったら、宝くじの当選番号案内を見ているだけの母だった。

――お母さん、私、本当はね、あなたが見たことがないくらいの札束を隠し持っているの。あなたが絶対に私に買い与えなかった、お姫様のように可愛い洋服が何着だって買えるくらいのお金をね。

でっぷりと脂の乗った母の背中に向かって、何度そう呟いたかしれない。

高校を卒業する前あたりから、私は、早田からもらったお金で、ブランド物の長財布やバッグ、デザイナーズブランドのツイードのスーツを買い揃え始めた。今まで買っていた服とゼロがふたつも違う値札を付けたそれらは、県内の大きな都市にあるデパートで売っていた。初めて煙草を買ったときにポケットに入っていたキティちゃんの小銭入れは、とっくに捨てていた。

そして、眼鏡をやめてコンタクトレンズを買った。シャネルの化粧品を買い揃え、化粧を覚えた。化粧の仕方が正しいかどうかはわからない。でも、私が私でなくなっていくことは、何よりも快感だった。

網タイツに一〇センチのピンヒールを履いて堆肥《たいひ》が落ちている農道を歩く。泥が跳ねないように歩き方を変えた。

珍しそうに、誰もが私のことを見た。どうだ、おまえたちが見たこともない服だろう……そんな「鎧」で全身を武装でもしなければ、私はもはや自分を保てなかったのだ。

高校を辞めたいと、何度も思った。

すれ違う人間はすべて敵に見えた。

「ほらあの子は、輪姦された子だよ」

「よく学校に来られるよねぇ」

「気持ち悪い。視界に入んなよ」

無人駅のホームで指さしてあからさまに嗤う同級生もいた。毎日泣きたかった。私はおまえたちとは違うんだ、そう思うしかなかった。今すぐ高校を辞めたい。でも、辞められない。高校だけは我慢するのだ。早田にもそう言われていた。何があっても辞めちゃいけない、ちゃんと卒業しなさいと。でも、その早田とだっていつまで続くかわからない。

田舎の暮らしはのどかでいいわよねえ、都会の暮らしに疲れちゃったわ、もうせわしなくて、なんて都会のレストランでうっとりお茶を飲んでいる専業主婦らしき女たちを見ると、憎しみさえ覚える。一度やってみろと思う。

自然がいっぱい？　でも、自然しかないよ。山と田んぼと牛と農家しかないよ。金がないよ。希望がないよ。男も女も、どんよりと冴えない顔で汗水垂らして生きているんだ。農家には山ほどの仕事があって、ゆっくりしている暇なんて本当はないんだ。ゆっくりしていたら稲が腐ってしまうよ。私は毎日、袖の擦り切れたトレーナーに膝の出た綿のズボンをはいて家の手伝いをした。男か女かわからないほど日に焼けて、分厚いレンズの眼鏡をかけていた私は、「山猿」とか、「眼鏡猿」と呼ばれていた。だけど、田舎の娘にしては顔立ちが整っているとよく褒められもした。

「葉子、おめえは別嬪《べっぴん》だから、大人になったら、東京の偉い学士様か社長様の嫁にしてもらえるぞ、よがったなあ」

近所のばあちゃんたちは言ってくれた。

「そんだけ別嬪ならよ、もっと手っ取り早く食う方法があるべ、今なら高く売れるぞ、葉子の身体は」

顔を見るたびに揶揄《からか》ってくる助平なじいちゃんもいた。そんなときは下を向いて聞こえないふりをした。でもね、じいちゃん、身体なら私もうとっくに売っているんだよ。

高校生活の三年間で貯めたお金は四百万円になっていた。

そのほとんどが、早田からもらったお金である。

東京に出たい。東京で小さくてもいいからこのお金を頭金にマンションを買って、誰にも罵倒されたり、人格を否定されたりすることなく、静かに暮らすという目標を立てた。地元の学校教師か看護師になりたいという夢はとっくに葬った。もう山も田んぼも牛も見たくなかった。

例の不良たちにいつ会うのか緊張しながら無人駅で電車を待つのも、もう嫌だった。田んぼのそばを線路が通っていた。子どものころ、泥まみれになって田植えを手伝いながら、あの電車に乗っていつか私も東京に行くのかなあとぼんやり思っていたっけ。東京に行けば、すべての泥が消えてなくなると。

早田に、卒業後は東京に行くつもりだと伝えようかどうしようか、何度か思ったが、言わなかった。早田は三年間で持病の糖尿病が悪化し続け、ベッドで一緒にいるときもときどき、低血糖を起こすようになっていた。発汗や震えが止まらず、激しい動悸などの症状が出ていた。もうフェラチオはしなくていい、ただベッドに横になって一緒に休みたいと言う。その乾いた唇に、自分の尖った舌ではなく、低血糖予防のための氷砂糖や飴玉を入れてあげた。

「葉子、悪いなあ。こんなんじゃもう俺といてもつまらないだろうに」

「どうしてそんなこと言うの？　それより早くインスリン注射して」

ますます勃たなくなっていた。ただ私を愛撫したり、お風呂に入ってお互いの身体を触って一緒に寝たり、会えばそんなことをして過ごしていた。

「もうおまえは高校三年かあ。早いなあ。最近は、おまえといるときが一番やすらげるんだよ」

あるとき早田が、表情を変えずに静かにそう言った。

「ふうん、そうなの。私がやすらぎなの？　ねえもし私がもっと年を取っていて、あなたと同級生くらいだったら、結婚していたのかな？」

「さぁ、俺は刑務所暮らしが長かったから、どうなんだろうな」

「普通はここで、うん、結婚していたよって言うんだよ！　馬鹿だね！」

軽く背中を打つふりをして、薄っぺらい蒲団にくるまってふたりで笑った。出会ったころよりも、背中の龍も牡丹も色褪せて萎んでいた。

早田と逢わない放課後は、部員が私ひとりだけのボランティア活動に勤しむようになった。老健施設でお年寄りの車椅子の介助をしたり、指先のリハビリのためのお手玉やおはじきなどを一緒にしたりしていた。葉子ちゃんは天使みたいだね、施設に入っているおじいちゃんに言われると笑いがこみ上げた。龍の刺青を入れた男と昨日もいやらしいことをしたと天使が言ったら、おじいちゃんの心臓が止まってしまうかもしれない。

そうこうして父親をなんとか説得し、ボランティア活動の小論文を書いて、東京の大学に推薦入試で合格した。社会福祉を学べる学部を選んだ。父は私の大学合格を喜ぶでもなく、「毎月三万円しか送れない」と断言された。大丈夫です。四百万円持っているんですとはまさか言えずに、頑張ってアルバイトするから、三万円で大丈夫です、と伝えた。

土地勘のまったくない東京で下宿を探し出した。子どものいない五十代の夫婦がやっていた中野駅近くの下宿は、六畳一間、風呂なし南京錠付きで三万円。近くには夜中の三時までやっている銭湯があるから大丈夫だという話を聞いて驚いた。眠らない街で私の新たな生活が始まるのだと実感した。その下宿は、私以外の下宿人は、中国人留学生ばかりだった。日本の女子大生はもっと高い家賃のマンションに住むのにあなたは大変ねえ、と家主さんに言われた。布団一組と辞書や教科書、簡単な日用品と、ブランドもののスーツとバッグを段ボールに詰めて宅急便で送って引っ越しは完了した。

早田には東京へ行くことは最後まで伝えなかった。ただ、恒例となっていた、会う前日の夕方に無人駅の公衆電話からかけていた確認の電話連絡を、突然、断った。

東京へ行く日、朝早く起きて、家族に別れを告げた。父も母も素っ気なかった。バッグの中にはぎっしりと札束が入っていた。もうここには帰らないと決めていた。いや、もしあるとすれば、それはあの獣たちを殺しに来るときではなかろうか……。

物心ついたときより、我が家の食堂の太い柱に貼られていた、『人間万事塞翁《じんかんばんじさいおう》が馬』という言葉。父が立派な毛筆で書いた男らしい文字。今でも目を閉じると思い出すのは、なぜかあの柱の文字だ。

私が東京へ出たその日が、父との最後だった。それから十年後、父は還暦を待たずにすい臓がんで病死した。

おっぱいキャバクラ、新宿

東北の桜の蕾がまだ紅く染まることもなかった三月の中旬から東京の下宿暮らしをはじめたので、四月の入学式までには少し時間があった。

大学生になる前にどうしても、やっておかねばならないことがあったのだ。

それは私を私でなくすための儀式である。

田舎にいたときに雑誌を読んで入念に調べておいた銀座の美容整形外科の扉を叩いた。カルテに書く年齢は二十五歳と誤魔化した。未成年だと親の同意が必要となるからだ。

田舎では別嬪だと褒められたこともあったが、自分で自分の顔をそう思えたことは一度もない。私の顔は頬骨が出過ぎているし、エラも張っていた。ときに片方だけ一重になってしまう日も気に食わなかった。田舎の農家の娘にふさわしい、父親譲りの骨太の太い脚はもっと許せなかった。

雑誌に顔写真が載っていた有名な美容外科医に、そんな主訴を伝える。

「あなたの場合、やってもそんなに変わらないと思うんですけどねえ。脂肪吸引は両太腿で合計一リットルほどしか取れないと思いますよ、あなたは筋肉質で骨が太いタイプだから。それほど脂肪があるわけではないんです。それから、お顔のエラと頬骨は、削るとなると、一ヵ月はかなり腫れますし、場合によっては、神経が麻痺を起こすこともあるんです。それに歳をとったときに弛《たる》みます。目の整形はもっと早く老けますよ、お若いのですから、未来のことも考えて手術を決めないと」

誠実にデメリットも説明してくれる初老の主治医に好感が持てた。

「いえ、未来なんてどうでもいいんです。とにかく今が苦しいんです。だって、あたしのエラと頬骨、こんなに出ているじゃないですか！」

雑誌から切り抜いた人気モデルのページを差し出して、こんな顔にならないと明日から生きていけないのだと訴えた。あまりにも激しい懇願に、主治医は首を傾げながらも、渋々承諾してくれた。

手術当日、エラと頬骨に紫色のマーカーで印を付けていく。左目の一ヵ所を糸で止める二重手術はサービスでやってもらえることになった。麻酔が効き始め、意識が朦朧とした。そこから先は覚えていない。

どれくらい時間が経ったのだろうか、白っぽくぼやけた視界が広がり、遠くで看護師さんが私を呼んでいる。意識が少しずつ戻ってくるのがわかる。ベッドを半分ギャッジアップした状態にされていて、絶対に眠ってはいけないという。喉がカラカラに乾いているが、水を飲むのもいけないという。口の脇からドレーン（排液用の管）が出ており、血液交じりの排出液が漏れて気持ち悪い。頭を触ると髪は濡れていて、血なのか消毒用のイソジンなのか、赤いベトベトしたものが手にまとわりついた。麻酔のおかげで痛みはほとんど感じないが、ガタガタと震えるほど寒い。目を閉じてうとうとすると、看護師さんが怖い顔で眠ってはいけないと起こしに来た。寝たら死ぬということなのだろうか。雪山で遭難したときみたいだと思った。強力に伸縮する包帯で顎と頭をぐるぐるに固定され、翌日からは一日六回のうがいを強制されたが、口はほとんど開けない。チューブタイプのゼリーさえも顎にまったく力が入らず、固くて飲み込めなかった。水みたいな三分粥をティースプーンで口に運ぶが、口が開かないので左手で唇を開いて流し入れた。うがいをしたときに、ときどき口の中から黒い血の塊が出てきて不安になった。

二週間くらい経過して、口は二センチほどは開くようになったが、顎の周りにはまだ強い痛みがあった。しかし時間がない。次は脂肪吸引だ。太腿、ふくらはぎ、お腹、二の腕、背中の脂肪を吸引した。身長が一六六センチある私は骨格が大きくて筋量も多く、吸引できる脂肪は少ないと言われたが、過食のせいでぶくぶくと太りだし、元々太かった脚はさらに丸太のようになっていたから、そんなわけはないと思った。

手術が終わると、主治医は吸引した脂肪を見せてくれた。吸引瓶に入ったそれは、オレンジジュースに牛乳を混ぜたような色をしていた。全身で四リットルほど採れたという。私はミイラのように全身をぐるぐる巻きにされていて、思うように歩けない。痛みも強い。どこからか出血しているらしく、生臭い血の臭いがついて回る。ひょこひょこと小さな歩幅で歩いて、なんとか病院近くのビジネスホテルにたどり着いた。太腿の皮が切り裂けるような痛みで、夜中に何度も目が覚める。負けるものかと思った。そうこれも、「復讐計画」の一環なのだから、負けてはならない。

新宿にあるセーラー服の「おっぱいキャバクラ」で働き始めたのは、大学に入学して少し経って、顔の骨や太腿の状態が少し落ち着いた、夏前の試験が始まったあたりだったろうか。

新しく新宿にオープンするというそのお店は、本社が札幌にあるキャバクラのチェーン店なのだという。

学校の帰り道、新宿の紀伊國屋書店で立ち読みしていたとき、いかにも玄人風の男が、飲食業に興味はありませんかと声をかけてきたのだ。詳しく話をしたいから喫茶店へ行きませんか、好きなものをご馳走しますよと言う。上京して、男にご馳走になったのはそのときが初めてだった。

彼は自分をスカウトマンだと名乗った。これから始めるお店のコンセプトに私のキャラクターがぴったりだと、やたらと私の容姿を褒めた。嬉しかった。店は歌舞伎町にあり、午後八時から午前一時までのオープン・ラスト勤務。時給は三五〇〇円。指名されると時給にプラス千円が報酬としてつき、指名の数で時給がスライドするシステムだという。お客さんひとりにセーラー服を着た女の子がひとり付きますという対面型接客が売りのお店だった。ボックス席に着いたお客さんの太腿に、女の子がミニスカートの脚をかけて跨るように座る。セーラー服の前はジッパーになっており、その開閉はお客さんの自由。お酒を飲みながら、女の子のおっぱいを触り放題だ。ただし、おっぱいを舐めたり吸ったりは禁止、もちろん下半身を触ることも禁止されているから安心です……ひとつひとつ丁寧に説明してくれる。

水商売というのは怖いヤクザの人たちがやっていて、辞めるに辞められなくなったりするという勝手な偏見を持っていた私は、そのスカウトマンが実は店の支配人も兼ねていると知って少し安心した。ちょうどアルバイトを探さなくてはと思っていたところだった。はい、お引き受けします、とその場でお話を受けた。たった三ヵ月足らずで、実家からの仕送りは遅れだしていた。

オープン前日の関係者の方々をお呼びするレセプションパーティから働かせてもらうことになった。お店のキャストは、十代後半から二十代前半の若い女の子たちばかり。それはそれは、かしましい。はしゃぐ彼女たちの輪に入れず、私はここでもやはり、浮いていた。支配人は、私の源氏名を「かおり」とつけた。

私はあらかじめ胸のジッパーを少し開けて、最初の客席に着いていた。ここから先はあなたの自由、私のおっぱい、好きにしていいのよ、と。私は真面目に誠実に、お客様の満足度を最優先に考えてお仕事をしていたつもりだ。それほど巨乳というわけではないが、お客様は喜んで遊んでくださった。中には苦手なタイプのお客様もいたが、お給料をいただいているのだと考えれば、失礼な対応などできるわけもない。どんな人に対しても、その方のあるがままを受け止める努力をした。当時流行していたガングロのヤマンバギャルの中に、ひとり黒髪ロングストレートで肌の白い清楚な風貌だったこともあってか、若い人よりも中年の男性にご指名をいただくことが多かった。

東京のスーパーでは、実家の裏山の畑で取り放題だったホウレンソウやレタスや長ねぎやゴボウが三百円もした。米だって高い。馬鹿馬鹿しくて、とても買う気になどなれない。だからといって、高いから野菜を送って欲しいと母に頼む気もさらさらなかったが。

田舎では泥まみれで価値のないものさえも、手をかけてきれいに磨けば値段がつくのだ。ボックス席でお客さんたちが私のおっぱいを喜んでくれるとき、「君はいいねえ。肌がきれいで、むしゃぶりつきたいよ、乳首もきれいだねえ。あんまり遊んでいないだろう? ねえ、いくら出したらやらせてくれるのかな」、と耳元で囁かれるとき、まるで自分も東京のスーパーに並んだホウレンソウやレタスや長ねぎやゴボウと一緒だと思った。


雪村さんと出会ったのは、そのおっぱいキャバクラである。

「はじめまして。今日は、取引先の方に連れてきていただきました」

セーラー服の私に向かって、礼儀正しく挨拶する様子がおかしかった。私を美人だと褒めてくれた。脚の太さには触れないでくれた。整形がばれてしまうのではとドキドキして、私は少し俯いた。いつものように、跨いで接客をしようとしたら、隣に座ってくれるだけでいいという。

「初対面の女性の胸をいきなり触るなんて、なんだか気が引けますから、ふつうにお喋りをしませんか」

なんて不思議な人だろうと思った。それではおっぱいキャバクラに来た意味がないではないか。申し訳なくなって私は自分から胸のジッパーを大きくあけておっぱいを見せてあげたが、雪村さんは私の顔ばかり見ていた。

聞けば彼はＩＴ関連の小さな会社を経営されていて、私と同じ東北出身だという。お金は持っていそうだが、遊び慣れた風でもなく、おっぱいとお尻をぺろんと出しながら半裸に近い衣裳でいる私にさえも、きちんと敬語で話してくれた。寒くないですか、と心配してくれた。見かけは背が私よりも低く、腹が大きく出ていて、顔はボコボコと月面のようで、ガマガエルによく似た優しい四十代のおじさん、という印象だった。

雪村さんとの会話は、他のお客様とはまったく違っていた。若いときに留学していたロンドンの話や、好きな音楽、好きな画家、学生時代を過ごした京都の話など。理系学部出身だという雪村さんはどこか私の父に似ていた。父も理系の学部を卒業していたからかもしれない。

「私も得意じゃありませんけど、理科が好きな子どもでした。父が工学部卒で、あいうえおよりも先に周期表を覚えさせられました。食事の前に石鹼で手を洗いたいって言うじゃないですか？　けれどうちはそれじゃあダメなんですよ、石鹸と言ってはいけないのです」

「じゃあ君の家ではなんと言わなきゃならなかったの？」

「〝高級脂肪酸の無水エステル〟で手を洗わせてくださいって言うんです」

雪村さんが初めて声を出して笑ってくれた。それから雪村さんは私の出勤する日にお店に確認の電話をしてから、月に何度か来店してくださった。

「君の育った町はどんなところだったの？　東北のどこの町？」

閉店間際にやってきた雪村さんが不意にそんなことを尋ねてきたこともある。私は言葉を詰まらせた。

「……ただの田舎です。東北の山の中で、子どものころから牛の世話と田植えと稲刈りばかりしていました……ろくなことありませんでした」

彼はそうかと言って少し笑って、それ以上は訊かずに、またお酒を飲んでいた。

ある日、雪村さんは、銀座の路面にある高級ブランド店の紙袋を提げてお店にやってきた。立派な紙でできたショップバッグには白いツイードのワンピースと、レシートと連絡先を書いたメモが入っていた。九万八千円（税別）と記されたレシートに驚いた。後日、人にプレゼントをしなれた男というのは、相手が好みのものと交換できるようにわざとレシートを添えるのだと知った。36サイズというのは大柄な私に入るサイズなのだろうか。せっかくいただいても入らなかったら恥ずかしい。下宿に帰って袋を開けると、これまで触ったことがないような柔らかい素材に驚いた。汚さないようにと、ニクロム線が螺旋《らせん》状に巻かれた電熱器の隣に付いている小さな流し台で「高級脂肪酸の無水エステル」を使用してよく手を洗った後、前の下宿人が置いて行った姿見の前でワンピースに身体を入れて、背中のファスナーを恐る恐る上げた。脂肪吸引を施した私の身体にぴったりだった。隣の部屋の中国人留学生が夜中なのに男を連れ込んで騒いでいたが、そんなことはどうでもよかった。ワンピースが似合ったことよりも、忙しい仕事の合間の時間を使ってわざわざ銀座に出向いて洋服を選んでくれたことが嬉しかった。教えていただいた雪村さんのメールアドレスにすぐさま、この前買ったばかりの携帯電話から御礼のメールを送った。
――雪村さんへ。素敵なワンピースとても嬉しかったです。サイズが小さくて大柄の私には入らないかと思ったけど、ぴったりでした。何よりも、私のために貴重な時間を使って選んでくださったことが、すごく嬉しいです。

ありのままの気持ちを書いた。すぐに返信が来た。
――そうか、よかったです。

あまりにも素っ気なさ過ぎて、少しがっかりもした。

学校が終わると、携帯電話を片手に毎日お店の営業電話や営業メールをした。個人的なお誘いかと勘違いしたお客様は、お休みの日に会おうよとか、お店を休んで旅行に行こうよと誘ってくださる。

「ごめんなさい。学校が忙しくて課題とレポートで死にそうなの……もしよければお店が始まる前にお食事に連れて行っていただけませんか」

やんわりと同伴ならOKです、と伝える。しかしセックス抜きでお店に何度も通っていただくのにも限界があった。たかがおっぱいだけである。どうせならお客様もいろんなおっぱいを触って遊びたいだろう。そして、おっぱいを触るだけで下半身への悪戯は禁止としている女の子たちをいかに落としてセックスに持ち込むか、ゲームを楽しみたいお客様もたくさんいる。「この子は絶対にやらせてくれないな」と思えば、どんなに丁寧に接客しても、離れていってしまうのだ。

結局、男はセックスがしたいのだ。

女の身体の穴という穴に排泄をしたいだけなのだ。

私はいつしか自分の座右の銘となっていた「わがままを通したかったら力を示せ」を守り通した。よほどこちらにメリットがあればセックスしてもいいとは思うが、一度寝ただけで勘違いされて、自分の所有物扱いや都合よくやらせてくれる遊び相手などにされてはたまったものではない。私は相変わらず、セックスに対して強い嫌悪感を抱いていたし、猜疑心がとても強く、人をあまり信じられなかったのも、上京してもなお、変わらぬままだった。

そのころの私にはすでに、男性の経済力と自分の身体を天秤にかける癖ができ上がってしまっていた。まだ二十歳にもなっていないというのに。

113　おっぱいキャバクラ、新宿

オーガズムって何ですか？

いつしか私は、お客様と面倒な駆け引きなどしなくていい、もっと手っ取り早く稼げる風俗で働いてもいいかなと思うようになっていた。銀座の美容整形外科で骨切り手術を終えた後、コンプレックスだったエラも目立たなくなり、少し不自由さは感じるものの、口を大きく開けて食事ができるようになったから、フェラチオだってもう大丈夫だとも思う。

そこで、新宿の店舗型ヘルスの面接に行った。

東京のすごいところは、公衆電話や美容室などにも、臆面なく風俗求人誌が置かれていることだった。私が住んでいた町では考えられないことだった。それらを集めて家に帰っては熟読し、気になるお店のページに付箋《ふせん》を貼って下宿の押し入れの奥にそっと隠し置いた。大家さんが私たちの留守中に、勝手に部屋に入っているらしいと、同じ下宿に住む中国人留学生の蔡《ツァー》ちゃんが片言の日本語で教えてくれたからだ。実家では畳の下に入れていた貯金は、郵便貯金に預けていた。

そのお店は駅からほど近く、個室になっていて、シャワーとマットがある。ローションで全身マッサージした後、手か口を使って抜くのだという。

「四〇分六千円のバックだけど、君ならたぶん売れると思うよ。だから、そうだな、七千円出しちゃうよ。一時間コースだと一万五千円ね。保証は二万円。だから、お茶でも二万は持って帰れるってこと。ウチの給料は悪くないよ。あ、お茶って知らないんだ？　お客さんがひとりも付かないときのことをね〝お茶っぴき〟って言うんだよ。君ならまずお茶はないだろうけどね。あと、三本以上で一律千円の雑費はもらうことになっているからね。えっ、〝本〟もわからない？　君、本当にこういうところ初めてなんだねえ。いやあ新鮮だわ。この業界はね、お客さんを一人、二人って数えるんじゃなくて、一本、二本って数えるんだよね、何でだろうね、あははは」

緊張して固まっている私に、若いボーイさんが風俗専門用語を丁寧に解説しながら、手慣れた様子で説明してくれる。

この人は、今まで何人の女の子に同じ説明をしてきたことだろう。私は、大学生になってから買ったキティちゃんのメモ帳にメモを取りながら聞いた。おっぱいキャバクラに比べたら、格段に収入は高そうだ。そりゃそうだ、男を射精にまで導いてあげるのだから。またそこは、マジックミラーを使った顔見せのオープンスタイルのお店だった。

「顔バレ大丈夫?」

ボーイさんが心配してくれる。こくりと頷いた。

「そっか。じゃあ早速今日、講習していくでしょ?」

店に入るには、どのような流れで接客するのかを、実際に服を脱いで裸になって教えてもらう「講習」をしなければならないのだという。戸惑った。しかし、考えても仕方がない。

「はい。お願いします」

「じゃあ社長が来るまで一〇分くらい待っていて。講習は社長がすることになっているから」

ボーイさんがそう言って、サーバーから紙コップにコーヒーを注いで勧めてくれた。コーヒーは煮詰まりすぎて酸っぱくて苦くて、おまけに煙草の風味が沁みついていて飲めたものではなかった。

やがて社長だという、演歌歌手の中条きよしに似た、日に焼けた男が入ってきた。この社長が「講習」するのだという。受付を出て、女の子の控室を通ると八部屋ばかりの個室になっているプレイルームがあった。ドアの前に男性用の革靴と女性用のヒールの付いたサンダルがきちんと並べて揃えてある部屋からは、楽しそうな笑い声が聞こえた。こんな昼間でもお客さんが入っているのだと驚いた。社長が一番奥のプレイルームのドアを開けると、二畳ほどの着替えスペースがあり、水色のバスタオルがきれいに三つ折りに畳まれて入っているカラーボックスと、灰皿の載ったテーブルと小さな椅子が二脚、着替えを入れる籠が置いてあった。そこから少し段差を下がると、三畳ほどのタイル敷きになっており、シャワーが付いていて、そばに黄色い洗面器が置いてあった。壁にはオレンジ色の大型のエアーマットが立てかけられていた。

「マットを壁に立てた状態で、お客様に立っていただいたまま、身体を洗ってもいいけど、俺はマットに寝たまま洗われるのが好きだから」

社長はそう言って、壁にかかっているマットを洗い場のタイルの上に降ろした。マットを降ろすと狭い洗い場はいっぱいになった。マットの頭の部分は身体を乗せる部分よりも余分に空気が入る構造になっており、そこにフェイスタオルを敷くように指示された。まずはシャワーを出してマットを温めるのだと教わり、ストッキングを脱いで洗い場へ入り、シャワーを出して、まんべんなくマットにお湯をかけて温めた。

その間に社長は服を脱いでマットに俯《うつぶ》せになった。私もゆっくりと紺色のワンピースと下着を脱いで、ドアの横についている調光のツマミを回して、部屋の明かりを薄暗くした。お風呂場は酷く黴臭くて、その匂いはふと、早田とよく行っていたラブホテルのチープな風呂場を思い出させた。そして早田の背中の龍を。

社長は裸になった私を舐めるような視線で眺めると、細かく指示を出した。洗面器にスポンジを入れて、ボディソープを泡立てろ。その泡を俺の背中に乗せてみろ。もっと全体に泡を乗せるんだ。そして君が俺に乗っかるんだよ。そうそう、そのまま俺に重なるようにして、身体をくねらせるんだよ。そうそう、おっぱいが俺の背中にあたるようにして。もっとくねくね身体を動かして。そうそう、それでいい。その後社長を仰向けにさせ、同じように身体を動かし、最後にクリアレックスという専用の洗剤で陰部を洗う。

泡をシャワーで洗い流した後、グリンスを入れたイソジンを私の口に含み、ペニスにかける。

「いいか、ここで痛がったり痒がったりする客は性病を持っている可能性があるから、お客の反応をよく観察するように」

いつもならメモ帳に書き留めるのだが、ここではメモが書けないから、社長のペニスをしごきながらしっかり頭に叩き込む。

泡を流した後は、なぜか蜂蜜《はちみつ》のボトルに入ったピンク色のローションを洗面器に入れてお湯で溶いて、社長の身体に塗りたくった。お客さんに体重をかけすぎないように、両腕で自分の身体を支えるのは慣れるまで大変そうだと感じた。おっぱいキャバクラとは比べものにならないほどの重労働だ。それに、ローションで滑るから、何度も身体がさらわれてマットから転がりそうになる。

不意に社長が向きを変えたかと思ったら、背中をきつく抱きしめられて、覆いかぶさってきた。心臓が止まりそうになる。

「太腿を閉じて」

「えっ」

「何も知らないんだね。太腿で俺のペニスを挟むんだよ、そう、もっときつくね」

社長の硬く勃起したペニスが、きつく閉じられた私の太股のあいだを滑りながら何度も往復した。私はまた早田を思い出していた。頑張っても半勃ちにしかならなかった、ふにゃっとした早田のペニスの触感を思い出していた。その記憶を早く消し去りたくて、背中に回していた手で、社長の髪の毛や顔を撫でてやった。長い時間そうしていた。疲れてきた。「素股《すまた》」じゃなかなかイケないのだろうか、ちょっと悔しかった。それとも私には魅力がないのだろうかと不安になる。整形までしているというのに。太腿の脂肪まで取ったというのに、私の身体じゃイカないというのか。なぜだか悔しさがこみ上げてきて、私は自分から、汗の噴き出している浅黒い社長の頬に何度も口づけをした。すると社長は私が感じまくっていると勘違いしたらしい。

「気持ちいいか。いいんだろ？　なあ、おい、いいだろう？」

「えっ⁉」

承諾する間もなく、社長は一度太腿のあいだからはずしたペニスを強引に私のあそこに突き刺した。ローションで滑りすぎていたそれは、何の抵抗もなくずぶずぶと奥まで入ってきた。

「ああ、いいね。君、いいもの持っているじゃないか」

受け入れた。素股のときよりもさらに顔から汗を拭きだし、激しく腰を振り続ける社長が滑稽だった。そしてあそこの中でさらにそれは大きく硬くなっていく。忘れていた。ペニスとはこんなにも硬く、こんなにも乱暴に、女の中で暴れるものだということを。もっと激しく拒否すればよかったと後悔したが、後の祭りだった。

「気持ちいいか？」

「……」

「遠慮せずに、もっと感じてもいいんだよ」

「……」

答えなかった。

セックスが気持ちいいかどうか、わからなかったからだ。

しかしあそこが濡れているのはわかった。女が濡れていることと快感はイコールだと男は思うらしい。男は、女のあそこが濡れ出すと喜ぶ。まるでとびきりの手柄でも取ったような顔をして。でもそれと気持ちいいということが繋がってはいなかった、少なくとも私の場合は。男という存在そのものに心の奥から恨みを抱いていたとしても、女は男からの刺激を受ければ、悲しいことに濡れてしまうものなのだ。

社長は、ローションで滑らないように私の腰を押さえながら左の足首を掴むと正常位から右脚を下にした。男の脚と私の脚が絡み合うのを私はどこか覚めた目で見ていた。これを「松葉崩《まつばくず》し」というのだ、覚えておきなさい、男たちはこの体位が好きだからね、と一生懸命腰を動かしながら教えてくれた。本番行為を禁止しているはずなのに、一体この人は何を言っているのだろう。社長というのは何をしても許されるのか。それから少しして、「ほら、ほら、ほらイクぞっイクぞっ」と言うと、素早くペニスを抜いて臍あたりに射精した。臍の穴から溢れ下腹へと滴り落ちる白濁《はくだく》した液体を見たとき、込み上げるような嫌悪を覚えていた。

「よかったか？　イッたか？」

曖昧に首を傾げて誤魔化した。

そんなこと訊く余裕があるならば、漬物石のようなその身体を早くどかして欲しい。あなたが無事に射精したのならそれでいいじゃないか。私がイッたかイカなかったか、どうして男にとってそれほどの関心事項となるのかよくわからなかった。


イクってなんなんだろう？　オーガズムって何ですか？

すごく気持ちいいというけど、それはどういう状態なのだろう？


セックスなんて、誰とやっても、ただただ気持ち悪いだけ。

気持ち悪さを感じないためには、私を夢中で抱いている男をよく観察して、そこから滑稽さを見つけてそっと心で嘲笑《ちょうしょう》してみるしかない。

なぜこんなくだらないことに、男が一生懸命になるのか、射精の瞬間、どんなに間抜けな顔になるかを嗤って、男という重しが離れていくのを待つしかないのだ。ああ、なんて間抜けで可哀相な生き物。可哀相なくせに、女を力づくでどうとでもできる生き物。次に生まれ変わったら、もう女は嫌だ、絶対に男に生まれてきてやろうと思った時期もあったが、やっぱりこんな可哀想な生き物になり下がるのはごめんだなとも思う。お金を使わないと排泄できないなんて、可哀想すぎる。シャワーで精液をすべて洗い流す。

何もなかったかのような顔をしてふたたびスーツを着込みネクタイをした社長は、尻ポケットの財布から万札を二枚抜いてつっけんどんに差し出してきた。

「わかっているよね？　今のこと、絶対に誰にも言うな。スタッフにも客にも他言無用。誰かに言っても、何もいいことは起こらないからな、君はそんなに馬鹿じゃないよな？」

私は二万円を受け取りながら、黙って頷いた。

翌日大学の授業が終わると、昨日のお店に向かった。昨日の二万円で白いサンダルを買った。あんなお金は貯金したくなかったからだ。

ボーイさんから渡された籠の中には、イソジン、グリンス、クリアレックス、ボディスポンジ、コップ、ローションボトルなどが入っていた。すべて昨日の講習で使ったものだった。

「無くなったら、ローション以外は自分で買ってね。もしわからないことや困ったことがあったら何でも相談して。あ、源氏名は考えた？」

源氏名か……すっかり忘れていた。

「千秋《ちあき》でお願いします」

千秋は従姉の名前だった。冷たい親戚たちの中で、私に親切にしてくれた親戚のお姉さんだ。

マジックミラーの前に並べられた椅子に座る。

即座に横目で、女の子たちの姿を確認し自分の商品価値を確かめる。

同僚は顔を真っ黒に日焼けさせたギャル系の女の子が多くて、ここでも肌の白くて長い黒髪の私は少し浮いていたかもしれない。夕方になってお客さんが入りだすとすぐに指名をいただいた。ほっとする。

最初のお客は、毛をむしられた痩せた鶏を彷彿《ほうふつ》とさせるような、五十歳くらいの人だった。

「はじめまして、千秋と申します。選んでいただき嬉しいです。ありがとうございます」

正座で挨拶をし、お客様の服を脱がせる。そして自分も衣装を脱ぎ、マットにお客さまを誘導する。

「私、今日が初出勤なんです。緊張しています。気が付いたことがありましたら、ご遠慮なさらずに仰ってくださいね」

緊張のあまり、上ずった声でそう伝えるのが精いっぱいだった。震える手で、お客さまの身体にシャワーをかける。

「お湯加減はいかがですか？」

「君は、学生さん？」

「あ、はい。この春に東京に出てきました」

「じゃあ花の大学一年生か。こんなことしていて、親御さんは心配しないの？　風俗にどっぷりはまって辞められなくなったりしたらどうするんだい？　そんなことのために親御さんは君を東京に出してくれたわけじゃないだろう？」

鶏は、こんこんと説教を始める。

勃起したペニスを丸出しにして。

説教がいつしか喘《あえ》ぎに変わり、鶏はコケコッコーを言う暇もなく、あっけなく私の股のあいだに射精した。

初出勤の日、四万円のお給料をいただいた。接客数は三人。延長をしてくれた人もいた。取り柄のない田舎臭いこの私が、美人ばかりの都会に住んでいても、これだけ稼げるものなのだと感動すら覚えた。ただフェラチオにはどうしても慣れなかった。ペニスを咥えるたびに、顎のあたりに強い違和感を覚え、後頭部までじん、と痛んだ。それが精神的なものなのか、美容整形の後遺症なのかは、自分でもよくわからなかったが。

大学の授業は休まずに出ていた。学びたい気持ちは人並みにあったし、講義は本当に楽しかった。

友だちを作る気はさらさらなかったが、それでも私はちっとも寂しくなかった。高校のころのように、私を指さして笑うヤツがいない。輪姦された女と言いふらすヤツもいない。誰も私の過去を知らないのだ。それだけでここは天国だった。夕方まで授業を真面目に受け、放課後は真面目にファッションヘルスへ直行し、夜中まで働くという日々が続いた。コンパで飲みに行くことも、流行りの映画を観に行くこともなかった。

夏休みに何度か、秋葉原という街に行った。そこはオタクの聖地と言われていて、アニメグッズがたくさんあると聞いたからだ。私はまた、エヴァのアスカのフィギュアを買った。

「約束を守らない、今やるべきことをやらないということは、将来、どんな理不尽な目に遭っても文句は言えないということだ」

これは、父親がよく言っていた言葉だ。私が、何かをサボるということができないのは、この父親の言葉のせいである。たとえそれが風俗であっても、一度自分でやると決めたことをサボるのは御法度《ごはっと》だと考えていた。

上京してからというもの、ハードな生活が続いて、身体がキツくなっていた。たとえ本番じゃなくとも、いや、本番でないからこそ、お客様を射精まで導くというのは思いのほか肉体労働だった。東京に出てきたばかりのときには六〇キロあった体重は、いつのまにか四〇キロ弱まで落ちていた。自炊をする体力など残ってはおらず、授業や仕事の合間にコンビニで買ったサンドイッチやおにぎりをつまむような生活が続いていて、摂食障害の症状はほぼ落ち着いていた。特にダイエットもせずに痩せたことは素直に嬉しかったが、よく貧血を起こすようになった。痩せたことに加えて、美容整形で削った顔に濃い化粧をしていることもあり、地下鉄で正面の窓ガラスに映った顔はもはや自分のものとは思えない。

終電間際のファッションヘルスの帰りの地下鉄で、高校時代の同級生に出くわした。今日も三本抜いてくたくたになって座っている私の目の前に、あの忌まわしい高校時代の幻影が立ちはだかったのである。その女は高校の購買で、「臭いから並ぶなよ、あっち行けよヤリマン！」と大声で叫んだあの女だった。

こちらの大学を選んだのだろうか。貧乏くさい服装。なんとも垢抜けない髪形と化粧。高校時代とたいして変わっていない雰囲気だった。

まさかこんな都会で……鼓動が高まり、一気に汗が噴き出した。彼女はつり革につかまりながら、私の顔を、服を、靴をじっと見降ろしていた。

見つかった……？　息をひそめて下を向く。

しかし、何も気が付かなかったようで、私の住む駅の一つ手前で降りていった。振り向きもしなかった。

そうか。田舎で一緒に過ごした人は、もう誰も、私が私だってわからないんだ。きっとそうだ。私でさえ、この顔が、身体が誰のものなのかよくわからなくなっているんだから。

ホームを歩く彼女の横顔に向かって、ほくそ笑んだ。

ねえ、覚えてる？　あなたたちがさんざん揶揄《からか》い続けた、十五歳の元日に不良たちに輪姦された葉子という女の子、そうそう、貧乏農家で、ダサい眼鏡をかけていたあの子よ。あの子はね、もう死んだの。とっくの昔に、雪に埋もれて息絶えたのよ。

そのとき、不意に声が聞こえた。誰？　その声は、耳の奥から聞こえてきた。知っている声。

——それなら？　ねえ、それならあんたは一体誰なの？

——あなたこそ誰よ？

——私？　私は十五歳の元日に死んだあなたよ。わかっているくせに。

ふと顔を上げると、地下鉄の窓に、十五歳の制服姿の少女が映った。田舎臭い、分厚いダサい眼鏡をかけた辛気《しんき》臭《くさ》い少女が。しかしもう一度目を凝らすと、その女の子は消えていた。その代わり、少しやつれた、美しいけれど疲れ果てた女が、大きな瞳で私をじいっと見つめていた。

大丈夫だ。僕の手は君を優しく撫でるためにある

雪村さんと最初にデートしたのは、私がおっぱいキャバクラを辞める直前だっただろうか。

生まれて初めて、男と女のふつうのデートらしいものを経験させてくれたのは、雪村さんだった。銀座や新宿で待ち合わせをして、喫茶店でお茶をしたり、中華料理や焼き肉、お鮨など、田舎にいた時分には食べたこともないような物ばかりをご馳走してくれた。それらは目が飛び出るほど高い。一回ごとのお会計が、実家の一ヵ月分の食費くらいかかっていて、雪村さんが破産してしまうのではないかと最初はドキドキ

したものだ。食事の前に時間があるときは、伊勢丹や三越に連れて行ってくれ、お洋服や靴や鞄を買ってもらうこともたびたびあった。

「僕は女の人に服や靴を買ってあげるのが好きなんだよ。だから遠慮しなくてもいい、喜んでもらえると嬉しいからさ」

夢のようなひとときだった。昔読んだシンデレラの絵本を思い出した。雪村さんは素敵な王子様というよりカボチャの化身のような外見だったが、それでもうっとりしてしまった。デパートには見たこともないような洋服やアクセサリーがたくさん置いてあった。でも、雪村さんは、一目見てそれとわかるような、シャネルやグッチのロゴが大きくあしらわれた物は買ってはくれなかった。ブランドなんて記号なのだから、どうせ大枚をはたいて買うのならば、シャネルやグッチと他人がわかってくれる物のほうがよほど意味があると思っていたので、なぜそれを嫌うのかが不思議だった。それは男が、一目見て美人とわかる女を連れて歩きたがるのと同じなのではないか。

雪村さんが好きなのは、上品な刺繍の施されたブラウスやシフォンのスカート、品のいいツイードのワンピース、スワトウ刺繍のハンカチ、地味だけどしっとりとした牛革のハンドバッグ。そして靴だけはフェラガモのヴァラしかダメだ、という変なこだわりがあった。女の靴は、フェラガモが一番足を可愛らしく演出するのだと持論を語った。彼自身も、よくプレスされた上質なコットンの白いシャツにデニムを合わせるなど、育ちのよさがわかる英国紳士的な恰好が好きだった。誰でも知っているブランドではなく、知る人が知るようなブランド。私にはさっぱりわからなかったが、「これにしなさい」と勧められるがままに買ってもらっていた。それが自分に似合うのかどうかもよくわからなかった。

何度目かのデートの夜。

新宿西口にある有名なホテルに行った。バーで聞いたこともない名前のカクテルをいただき、その後部屋へ向かった。初めて高い所から見る都会の夜景の美しさに、思わずうっとりしてしまった。宝石箱を引っくり返したように、何もかもがキラキラと輝いていた。星空よりも地上のほうが煌《きら》めいていることに素直に感動をしていた。雪村さんは、夜景に酔っている私を後ろから抱きしめ、まるでシフォンのスカーフを扱うときのように服の上から全身を愛撫してくれた。お店のお客様とは絶対にしないような、蕩《とろ》けるように優しいディープキスをし、何度も見つめ合い、頭を撫でてくれた。

「あ、やめて」

子どものころより両親に躾《しつけ》と称して頭を叩かれてばかりいたから、他人の手が頭の上に来ると無意識に身構える癖がついている。彼の手を瞬間的に拒んだ私に、雪村さんは嫌な顔ひとつ見せずにこう言った。

「大丈夫だ。僕の手は君を優しく撫でるためにある」

あの一言が、今でも私の耳に残っている。

こんな言葉を持っている男が、世の中にいたなんて。

しかもそれが、私の目の前に、いるなんて。

ふたたび身体を抱き寄せ、ゆっくりと唇を触れ、その唇が私の首筋を這い、胸元までキスの雨を降らせる。彼の手はそっと私の両足を開いて、下着の上から陰部を指先でそっと撫でる。太くて柔らかな指が何度もそこを往復するから、私のあそこはじわじわと熱を籠らせながら湿っていった。いつ下着を脱がせるのだろうと思っていたのだが、結局下着はそのままで、指さえも挿入せずに、そのまま抱き合って朝まで眠った。拍子抜けした。

幸せな眠りについたが、どこか変な気分で朝を迎えた。

「せっかくこんなに高いホテルに泊まっているのに、あなたはセックスしなくてもいいの？」

「だって、ずっと君を抱きしめていたよ。君の可愛い寝顔を見ていたよ」

「ううん、セックスって挿入することでしょう？　女性と同じベッドに寝るのなら、挿入して射精しないと、男の人はスッキリしないいんじゃないの？」

「そんな心配はしなくてもいい。おまえを感じられれば、僕にとって、女性の中に挿れることはそんなに重要なことじゃないんだ」

そうやってどれくらい、挿れないデートを重ねたことだろうか。

私はどこかもどかしくて、でも愛撫はたっぷりされているから魅力がないわけではないのだと自分で自分を納得させたりしながらも、やっぱり挿入なしで男と女が眠るのはおかしいのではないかと苛々《いらいら》したりもした。触れれば彼の勃起したペニスがあるというのに、私の中に入って来ないなんて、おかしな話だ。なんと、〝愛撫はたっぷりされるのに挿れない〟デートを一年も重ねてしまった。

とうとう私は痺れをきらした。いつものように、雪村さんの太い指が何度もクリトスをなぞるときに、ついに自分から懇願《こんがん》してしまったのだ。

「お願い、もう限界です。苦しいの。苦しくて苦しくてたまらないのです。どうか、これ以上私を狂わせないでほしいの。お願いだから私の中に挿れてください、この通りです」

指で愛撫されながら、深々と頭を下げた。雪村さんは、ゆっくりと満足げに微笑んだ。

初めて彼と繋がったとき、本当に幸せだった。

イクとかオーガズムとか、そういうことはよくわからなかったが、一年も待ってようやく挿入が許されたときに、あろうことか本当に満たされた気持ちになったのだ。ベッドの中では言葉なんかなくても、雪村さんの優しさや、愛情が強く伝わってきた。

生まれて初めて、男の人に抱かれる心地よさを知った。

それはやすらぎとともに、大きな力を私に与えた。

もっとキスして欲しかったし、もっと触れていて欲しいと思う日が我が身に訪れるなんて、驚きだった。男という生き物に対して猜疑心の塊だった自分が、この人なら信用できるかもしれない、信用したい、と願うなどとは、自分でも戸惑った。しかし戸惑うたびに、甘美なせつなさに包まれた。この人にもっと抱かれていたい。身も心も強く抱きしめていて欲しい。もっともっと挿れて欲しい、深く深く、まだイカないで……思わずそう呟いたことさえあったのだ。

いつだったか、セックスの後で彼はこう言った。

「葉子、まだ自分では気が付いてないだろうけれど、おまえにはセックスの才能があるよ」

「わたしにセックスの才能？」

いきなり頭を後ろから殴られたような衝撃が走った。

何がどうショックだったかはわからないけれど、その直後、突然孤独の海に投げ出されたような悲しみが襲ってきた。

「えっ？　どういうこと？」

「そういうことだ」

雪村さんは無邪気に笑った。

ファッションヘルスで働きだしたことは伝えていなかった。ただ、風俗嬢をやっていれば、口と手だけのサービスだとしても性感染症のリスクはゼロではない。それはわかっていた。雪村さんとこうなるまでは、どうせ孤独な身なのだから、HIVに感染しても構うものか、輪姦され穢された女が性病で死ぬのなら望むところだわ、と自《や》棄《け》になってもいたと思う。

だけどいつしか心は変わっていった。

雪村さんを巻き込むわけにはいかない。そして、彼が悲しむようなことを、私はもうしたくないとも思った。

ある日雪村さんに、箱根にある強羅《ごうら》の温泉へ誘われた。

大学とアルバイトの往復しかしてなかった私にとってそれは、上京してから初めての遠出だった。東名高速を雪村さんの赤いスポーツカーで走る。あまりに健康的な男女の振る舞いが、少し気恥ずかしくもあった。終始彼はご機嫌だった。

「僕は車と音楽が大好きなんだよ。仕事が終わった後、よくひとりで真夜中の首都高を、音楽をかけながらドライブしたりするんだ。ねえ、葉子はどんな車が好きなの？」

突然、車の話をされた。

車と言ったら、何年も買い替えていない実家の古い軽トラックと、早田の運転する黒いマジェスタしか知らない。

「ええと私は、人の持ち物とか、学歴とか、社会的な立場とかって、正直、あまり興味がないのです。一緒にいて心がやすらぐ人と、楽しく出かけられるなら車の種類なんて別になんでも構いません。軽トラックでもなんでもいいかなって……」

言い終わってから後悔した。せっかく赤いスポーツカーを出してくれたのに、これはいくらなんでも雪村さんに失礼だ。しかし彼は、怒るどころか笑いだしたのだ。

「ははははは、葉子、おまえは正直な女だなあ。ふつう、女という生き物は、自分の心にまでも嘘をついて、死ぬまで虚栄心だけで生きているようなものだからなあ。でもおまえは違うみたいだ。やっぱりおまえは面白いよ。一見、嘘をついて生きているようでいて、まったく嘘のつけない女なんだよ」

真っ直ぐに前を見つめて運転しながら笑っていた。久しぶりに味わう、山の緑が美しい。

私は正直な女？　そしてふつうの女は心にまで、嘘をつく？

そのまま聞き流した。


箱根旅行は楽しかった。お土産物屋さんで和柄の小さながま口のお財布と赤いハンカチを買った。温泉饅頭はなぜか懐かしい味がした。

強羅花壇という、私の地元には絶対にない、見たこともないような瀟洒《しょうしゃ》な建物が今晩の宿だと知り、驚いた。ひとつひとつ部屋が離れになっているそこは、これまで彼に連れて行ってもらった新宿のハイアットや銀座の帝国ホテルより素敵だった。浴衣に着替えて、豪華な食事を目の前にして、嬉しくて仕方なくて、ニコニコしながら箸を進めていた。雪村さんは、食事にはほとんど手をつけず、いつものように静かにお酒を飲んでいた。

「葉子、おまえ、俺の女房になる気あるか？」

いつも「僕」なんて気取っている雪村さんが「俺」と言った。

東京に出てきたばかりのころ、標準語が耳に馴染まなくて、おかしくてたまらなかった。

「ねぇ、標準語っておかしいですよね？」

雪村さんにそう言ってみたことがある。

「え、なんで？　だってこれが標準だよ？」

と驚きながら笑っていた。なんて変なことを言う女の子なんだろう、という顔をしていたっけ。そんなことを思い出しながら、私は「はい、喜んで」と自然にプロポーズをお受けした。素っ気ないほど、簡単に。

新宿のファッションヘルスで一生稼ぎ続けることはできない。せいぜい頑張ってもあと数年だ。始めたばかりの今ですら、身体も心もキツイ。私が通っている三流の大学を卒業したって、どこかのメーカーの一般職にでもありつけたら御の字だろうが、この不景気だし、親のコネ一つあるわけじゃないし、それすらも狭き門だろう。田舎にある国立大学を卒業したとしても、就職できずにフリーターや派遣の仕事を転々としている人も多くいるというのに、私などにこの東京で何ができるというのだろう。

気が付けば、疲れ果てていた。

自分がまだたったの十九歳だということが信じられなかった。

大学の休み時間にのほほんと芸能人の噂話や、今度のクリスマスこそ彼氏と初体験しちゃうかも、ええ、いいなあ、彼氏とヤッたら絶対に報告しなさいよ、なんてきゃっきゃっと話している同級生たちの三倍は生きてきた気がする。

私は十九歳にして、年老いていた。

自分が本当は何歳なのかもうわからない。こんな老いた心の女をお嫁さんにしてもいいと言ってくれる人は、この先にもう現れないかもしれないと思った。愛だったかは、わからない。だけど雪村さんのことは、嫌いではない。

そして何よりも、私に身体以外にも価値があると思ってくれたことが嬉しかった。面白いと言ってくれた。正直な女だとも言ってくれた。雪村さんにそう言ってもらえると、自分がひとつも嘘をつかずに生きてきたような錯覚さえ覚える。

「雪村さん、わたしを、守ってくれますか?」

「うん。もちろんだよ。僕が生きているかぎり」

彼のぬくもりの中でなら、生きていけるのかもしれない。

決めた。この人と結婚しよう。個室の優雅な露天風呂で、私たちは湯あたりしてしまうほど、長い長いセックスをした。

死んだ少女からの冷酷な眼差し

大丈夫だ。僕の手は君を優しく撫でるためにある——。

二十年生きていて初めて人に心を開いてもいいのかな、と思えた雪村さんの言葉。この言葉を聞かされていなかったら、結婚になんてとても踏み切れていなかっただろう。結婚の申し出を承諾すると、雪村さんは顔をくしゃくしゃにして喜んだ。

未成年での結婚は、親の同意書が必要になるため、二十歳の誕生日まで待って籍を入れることにした。私が二十歳で、雪村さんが四十歳。籍を入れる前に、初婚かどうかを雪村さんにやんわりと確認したことがある。すると、実は結婚していたことがあると言いにくそうに答えた。

「よかった！　だって雪村さんみたいな人が四十歳まで一度も結婚していないなんて、なんか変だもの」

「もう遠い昔のことだよ」

「前の奥様はどんな方だったの？」

「あんまり思い出したくないんだよね、いじわるな人だったから」

「いじわるな人？」

「うん、だからもう、同年代の人との結婚はよそうと思ったんだ。同年代の女性って、いろいろ言ってくるからさ。仕事のこととか、お金のこととかね、結婚したからって、仕事やお金のことに口出して欲しくはないんだ。だから、今度結婚するのならうんと年下の、何も知らない女の子がいいと思っていたんだ。葉子に出会えてラッキーだったよ」

「雪村さんは、私が二十歳も下だから結婚してくださるのですか？」

「それもそうだけど、別に二十歳下なら誰でもいいってわけじゃないよ。僕は葉子がまるごと好きなんだ。ほら、葉子って、肌が白くてつるつるしているだろう？　僕ね、毛深い女性って苦手なんだよ。女性はね、足も腕も毛があると台無し。それだけは葉子も覚えておいてほしいね。女性の肌は毛があってはいけないんだよ」

式は挙げなかった。中野の下宿を引き払い、雪村さんの住む大きなマンションへ生活の拠点を移した。一五〇平米近くある都心の高層マンションは、おとぎ話のお城のように見えた。目の前に東京タワーが迫るようにして、赤い光を放っている。

おまえは正直な女。

雪村さんが私を評したその言葉が、魚の骨のように喉のあたりにひっかかっていた。逡巡《しゅんじゅん》した末、戸籍謄本を郵送で田舎の役場から取り寄せたその日、勇気を出して洗いざらいを彼に話すことにした。

十五歳のときに地元の不良たちから集団強姦されたこと。

その後から地獄の日々が続いていたこと。いじめられたこと。

親から度重なる罵倒や躾と称した虐待を日常的に受けていたこと。

田舎によい思い出がほとんどないこと。

二度と帰るつもりのないこと。

頼れる家族や親族は、誰もいないということ。

雪村さんに出会わなければ、一生ひとりで生きているつもりだったこと。


早田の話だけ、しなかった。

彼は目を爛々《らんらん》とさせて私の話をすべて受け入れた。勇気を出して最後に尋ねた。

「……それでも、私と結婚してくれるのですか？」

「もちろんさ。僕は今の話、なんとも思わないもの」

「……なんとも、思わない？」

「そうさ。そりゃあ可哀想な出来事だったとは思うけど、つまり、葉子はレイプしたくなるほど魅力的な女の子だったってことだろう。エッチしたくてたまらないと周囲の男の子から思われていたってことなんだから、それほど魅力的な女の子だから、僕だって結婚したいと思ったわけだからさ」

「えっ？　本当にそう思うのですか？」

「そうさ。だけどこれからは、僕だけのものだからね。いいかい？　男を誘うような服装で出歩いてはいけないよ。ミニスカートだったり、身体の線がピッタリわかるようなTシャツもダメだ。これからは、僕が買ってあげた洋服だけ着ていればいいよ。ほら、君は昔、貧乏だったから着せ替え人形のひとつも買ってもらえなかったと嘆《なげ》いていたじゃないか。でももう、今度は僕が買ってあげるから大丈夫だよ」

「私に着せ替え人形を買ってくださるのですか？」

「違う、違う、馬鹿だなあ。君が僕の着せ替え人形になればいいんだよ」

「私が着せ替え人形に？」

「そう。下着もバッグも靴下も、ぜんぶ僕が揃えてあげる。そうだ、今度の日曜日にまたデパートに行こう。僕が買ってあげた洋服と下着以外は、もう全部捨ててしまうんだ」

集団強姦された女などにもう二度と手を出してこないのではないかと思ったが、告白したその夜も雪村さんは私を抱いた。むしろ今までより優しく愛撫され、髪を撫でられ、私の身体のひとつひとつの反応を細やかに楽しんでいた。長い長い愛撫の果てに、彼の指先が私の下半身に行きつく。そこは恥ずかしいほどにしどどに濡れていて、すると、「葉子の感度はどんどんよくなっていくね」と嬉しそうだった。しばらくそのまま焦らされるように何度も下着の上からクリトリスを愛撫されると、思わず、「もう欲しい…」という言葉を言わざるを得なかった。

「欲しいの？　何を？　はっきり言ってごらんよ」

「……言えません、言えないけど、欲しいの……わかっているでしょう？」

自分からペニスを欲しいとはっきり口に出すことはなかった。羞恥心ももちろんあったが、ペニスを恨み、復讐するために生きてきたような女が、自ら欲しいとその言葉を口にすることは今までの自分を否定することでしかないような気もしていたから。

それでも——。

いつしか私は、夫に抱かれることに悦びを見出せる妻へと変貌《へんぼう》していた。

セックスが気持ちいいものだということがわかってきた。

夫は私の性犯罪被害の過去を知ったことで、かえってセックスに熱心になったように思う。ゆっくりゆっくりと指を使い、私の身体を押し広げていった。飽きせないようにと、いろいろな体位を試したり、ときには総レースの下着やコスチュームを身に着けさせたりして楽しんだ。夫の好むのはセクシーで妖艶な下着というよりも、まるでお人形さんのような、白やピンクを基調とした、リボンのあしらわれたロリータ的なデザインだった。

夫は、日常生活ではもちろん、セックスのときも「ご主人様」と呼ぶように強制した。「ご主人様」「葉子」と呼び合うのは、年齢差があるのだから仕方がないと思った。

一度、秋葉原にデートに行ったときは、「美少女戦士セーラームーン」のキャラクターの衣装を買ってくれた。赤い大きなリボンのセーラー服風のコスプレをさせた私を鏡の前に立たせ、後ろから伸びてきた夫の手が淫らに、そして執拗に乳房を愛撫する。ブラジャーからはみ出た乳首がツンと勃起しはじめて、さらなる愛撫を物欲しそうに待っている。甘酸っぱい女の匂いが立ち昇り、そして私の瞳は、とろんと潤い、見るからにいやらしい女の顔になっている。背後からスカートの下に潜り込んだ夫は、指と舌を執拗《しつよう》に使って、下着の上からあそこをもみくちゃにする。

「ご主人様、許して。こんな恥ずかしい自分を見ながらするのは、いや…」

「だめだ、葉子、目を背けてはだめだ。ほら、鏡の自分を見てごらん。今から挿れるぞ、そう、挿れられているあいだも自分の顔を見てごらん。セックスしているときのおまえの顔がどれほど美しくていやらしいか、自分で確認しなくちゃダメだ。そんな顔で見つめられたら、どんな男もすぐにイクだろうよ、おまえの顔は、魔性《ましょう》の顔なんだ」

違う。

違うのだ。

鏡の中の私は、快楽で顔をゆがませているのでは決してない。

悔しくてたまらないから、こんな顔をしているだけなのだ。夫の性技で、どんどん快楽の渦へと堕ちていく自分が、悔しいのだ。

確かに私は、何人もの男をとった。

夫に出会うまで、男のペニスでご飯を食べてきた。

しかしそれも、私の復讐の一部として遂行《すいこう》してきたこと。誰のことも愛していなかったし、まして快感など覚えたこともなかった。それが今、崩壊しようとしている。風俗嬢として働いてはいても、心で男を拒否してきた五年間が、夫の調教によってどんどん崩壊していく。田舎に住んでいたときに何度も目撃した、冬の終わりの雪崩《なだれ》のように音をたてて堕ちていく。男のペニスでなんか感じない、感じるつもりはないと心に決めていたのが、ときには夫の指先を待ち焦がれ、焦らしに焦らされたあそこを愛撫されたり、舌先で吸いつくされたりすると、そこだけが私の意に反し、まるで脳味噌のない軟体動物のようにぬめって、ひくひくと疼いてしまったりする。さらに夫のペニスをあそこ全部で感じたくなって、思わず激しく腰を振ってしまうこともある。なんということ。

「イク……イク……イッちゃう」

「葉子、いく、じゃないだろう、いきますと敬語で言いなさい」

「すみません、ご主人様。わたし、わたし、いきます、いってしまいます」

「そうか。可愛いなあ。葉子がイッたなら俺もイクよ……」

レースのパンティは脱がされたものの、美少女戦士セーラームーンの衣装を身に付けたまま、私も夫も果てた。でっぷりとガマガエルのように太った夫は、射精をした後、しばらく息切れをする。口をパクパクさせて酸素を吸いこむ姿は、カエルというよりも太った金魚のようだった。

「葉子、僕の言った通りだね。おまえはセックスの才能がある。僕が教えたことに対して、従順に応えてくれるじゃないか。おまえのセックスは最高だよ、ご褒美に、また可愛いコスプレを買ってあげよう。だってほら、この衣裳はもうおまえの愛液でびしょびしょになっちゃったからね」

お願いだからそんなこと言わないでと思いながらも、夫から耳元で卑猥《ひわい》な言葉の数々を囁かれると、恥ずかしいことにそれだけでまた、じゅん、とあそこが悦んで反応をしてしまう。すぐにまた挿入して欲しくなるのだが、夫は一晩に一回以上できる人ではなかった。しかし私は、はしたなくも一晩に何度でもいきたい、ペニスでなくても、夫の指と舌でいいからいかせて欲しいと願うようになっていた。

そう、夫は私に、オーガズムというものを教えた。

禁断の果実。

絶対に私が覚えてはいけなかったもの。

でも一度その味を知ってしまったのなら、もう味わわずにはいられない。オーガズムを深く、深く女の奥で味わうたびに、胸の中で性に対する罪悪感の蕾も毒々しく膨張し始める。かつて雪深い田舎町で死んだ十五歳の私が、その蕾の中にいる。蕾の中は腐っていて、芳香と異臭の両方にまみれて、死んだ少女の私が、オーガズムの余韻に酔っている私を、冷酷極まりない軽蔑の目で見つめている。

――葉子ちゃん。男たちへの復讐はどうしたの？

――葉子ちゃん。本当はセックスが気持ちいいんでしょ？

――葉子ちゃん。本当は男のおちんちんが大好きなんでしょ？

――葉子ちゃん。まさか、私が死んだことを忘れたわけではないよね？

はあああ！　脳の奥から沸き上ってくるあの少女の声を聴くまいと、聴きたくないと、快感のはしたない喘ぎ声をわざとらしくあげてみる。うるさい、黙って頂戴。しょせん死んだあなたには、何もわからない。現世を生きていかねばならない私の苦しみなど、何も、何もわからないのよ。

ねえ、知っている？　あなたは幼いからわからないでしょう？

快楽は決して人間の幸福じゃないのよ。快楽は、人間の真の幸福から、およそ遠いところにある。だから私がいくらオーガズムを感じたところで、それは私が幸福になったというわけではない。幸福だったら、こんなはしたない喘ぎ声なんかあげるわけがないじゃない！　馬鹿ね、馬鹿な子。

ああん、ああああん、もっともっと、という私の喘ぎ声に、とうとうあの子は、私を怖い目で睨みつけたまま蕾の中に隠れてしまった。馬鹿な子。馬鹿な少女。そして可哀想な少女！　わかって頂戴。私がオーガズムを得ることは、男たちへの復讐なの。憎くて、憎くて、殺してしまいたいほどの男のペニスが、私の快感の道具になるのだから、これは復讐なのよ。男は、私の肉体なしでは生きられなくなるのだから。

私はペニスというペニスを、「お金になる棒」として十代後半を過ごした。

でもこれからは、「私が気持ちよくなる棒」「一瞬でもすべてを忘却できる魔法の棒」として使っていくまでなの。そうこれだって！　これだって充分に男たちへの復讐なの。馬鹿な子！　馬鹿なあの子！　そして、なんという愚かな私。

「はああ、ああああん、もうもうダメ、ダメです」

「葉子、どうした？　今、別のことを考えていたね？　何を考えていた？」

「ううん、気持ちよすぎてぼうっとしちゃった。ねえ、ご主人様、またいきたくなりました。どうか、ご主人様の指でまた、葉子を気持ちよくしてくださいませんか」

「まったく。いやらしい若妻だね。嬉しいよ、君がどんどん思い通りの女になってくれるんだからさあ。僕は葉子と結婚してよかったよ。仕事仲間も皆、羨ましがっているよ。何せ、あいつらの妻は皆もう、オバサンだからね。僕だけが、娘のような年齢の女をこうして調教しているんだからね。田舎で集団レイプされちゃうほど、魅力的な女の子とね」

結婚とは、なんなのだろう？　私と雪村さんが交換したものは何だろう？

結局は、お金と肉体の交換でしかないのではないだろうか?
だとしたら、結婚という形がありで風俗という形がだめなのは、なぜ?

一緒に住んでみて初めてわかったが、夫は相当な量の激務をこなしていた。帰宅はいつも深夜の二時を過ぎていた。新婚当初は夜食を作って夫の帰りを待っていたが、待たなくていいと言われ、ベッドで彼を待つようになった。しんどい農家で育った私は、会社経営のしんどさというのも、まもなく理解できた。会社経営は常にさまざまなリスクを抱えていると知った。夫は、お金のことや仕事のことに妻が口を出すことを嫌っているようだが、彼の妻として、何かあったときに、リスクヘッジできるような女性でありたいと考えた。彼の収入に胡坐《あぐら》をかいて、働かずに生活することがなんだか怖かった。もっと言えば、お金持ちの専業主婦というものが幻想にしか見えなくなっていた。私が年老いて、美しくなくなって、夫の愛が冷めたときに、愛のない夫のお金で食べていくのは息苦しいことこのうえないはずだ、とも思った。たくさん稼ぐことは無理でも、長く続けられる仕事、なんでもいいから手に職が欲しい。漠然とそう考えてひとりの夜を過ごしていた。

田舎の父は母や私たち兄弟に、「誰のおかげで飯が食えると思っているんだ！」とよく威張《いば》り散らしていた。家父長制もはなはだしく、祖母や母の家事などは、労働としては認めていなかった。いや、男なんて誰でも心の底では家事労働を認めてなんかいないことは、東京に出て、風俗でいろんなお客様と話していても明らかだった。「家族を食わせてやって、なけなしの小遣いで風俗に来ているんだから、きっちりサービスしてくれよ」なんて偉そうに仰るお客様もいた。

家業がうまく回らなくなって、両親はお金のことでよく喧嘩をしていた。「金がないのならば、なんで五人も子どもを作ったんだよ！」と、両親の喧嘩の声が聞こえてくるたびに、私は独り言を言った。バースコントロールという概念がなかったのだろうか。セックスしたら、できちゃったって、まるで犬や猫じゃないか。それとも激務に疲れ切って、バースコントロールを考える余裕はなかったのだろうか。両親は朝から晩まで田んぼや畑で泥にまみれて、こんなにも一生懸命に働いているのに、なぜ暮らし向きが一向によくならないのか、と幼いころから感じて育った。

そんな実家の思い出をときどき夫に話すと、彼は目を丸くした。

「こんな小さな我が国でも、かようにダイナミックレンジが広いとは」

東北出身とはいえ、中学校から誰もが名前を聞いたことのある東京の私立に通っていたお坊ちゃま育ちの夫には、私が育った背景など、俄《にわか》には信じられないようで、当初は大袈裟《おおげさ》に話をする子だと思っていたそうだ。

田舎の父には、電話で入籍したことを報告した。そのときの父の反応がどうだったかは、もう覚えていない。

結婚五年目で現れた夫の本性と、私の中の悪魔

自分の存在価値を知りたい。

私の存在価値って何だろう。

東京の高級マンションの高層階ではじまった、歳の差二十歳の結婚生活はすなわち、夫が事前に言った通りの、着せ替え人形のような暮らしだった。

大学をなんとか卒業し、居場所が家だけになるとさらに私の息苦しさは増していった。私は卒業論文のテーマを、少年犯罪についてとした。犯罪に手を染める子どもたちの背景と、更生システムの実情、そして結末は、「疑わしきは罰せず」という考え方について論考を盛り込んだ。そう、これは卒業のために書いたわけではない。自分

の過去を検証するために書いたのだ。
疑わしきは罰せず——刑事裁判の大原則。犯罪事実がはっきりと証明されないときは、被告人の利益になるように決定すべきであるという原則。疑わしきは被告人の利益に。

つまり、法律というのは、被害者よりも加害者を守るために存在するのかもしれない……と結んだ。苦々しい想いで書きあげた。教授からどんな点数がつこうが、構いはしないと思った。

犯罪事実がはっきりと証明できる？　そんな被害者がこの世にいるのだろうか？　私のレイプ事件を今から遡《さかのぼ》ってはっきりと証明するものなど、この世には存在しないだろう。つまり、もしも私がこれから訴訟を起こしても、あの獣たちが「すべては彼女の妄想です」「合意のもとでセックスをしました」と証言すれば、私が負けることだって大いにありえるのだ！　意を決して赤裸々に法廷で告白しても、もう一度、「アバズレの戯言《たわごと》」「高校生のときからヤリマンと言われていた女のしそうなこと」と喰われて終わる可能性が高いということだ。では、私が当時克明《こくめい》な日記でも綴っておけばよかったのだろうか？　そんなことはありえない。今、この手記を書けているのも、あの事件から二十年経ったからだ。当時は思い出すことさえ身の毛がよだつほどの恐怖だった、何度も死にたいと思った。あの状況ではっきりとした証拠を残しておくことなど無理に決まっている――卒論を書いているうちに、どんどん精神的に堕ちていくのがわかった。それでも書かずにはいられなかった。もちろん、なぜこのテーマで卒論を書こうと思ったのかは、誰も知る由もない。

夫は生活できるギリギリの金額しか、私に現金を渡そうとはしなかった。基本的に私のことを信用していないのだと思った。夫は自分の財布から現金を出してあくまで自分で買うのが好きなのだ。私の下着一枚、パンティストッキング一枚、一緒にショッピングに出かけて自分が買わないと気が済まないようだった。

四十代半ばあたりより、夫の精力は目に見えて弱っていった。相変わらずの、連日深夜までの激務もあるだろう。男にとって、セックスが好きなことと強い弱いは関係ないのだと知った。精力が弱くなっても、夫は変わらず時間をかけてセックスを楽しもうとした。精力が弱くなった分、より、粘着質的になった。それはセックスのときだけではない。

私が化粧して髪を整え、ワンピースやアクセサリーを選ぶといった、いつもの出かける支度をしていると、自分も一緒について行きたいと言い出すようになった。

「おまえ、もしかして若い男がいるんじゃないのか」

などと、子どもじみた嫉妬を恥ずかしげもなく口にする。ファッションにも相変わらず口煩《うるさ》い。アジアン系のスカートにキャミソール、Gジャンを羽織ったり、デニムに白いTシャツをあわせたりという格好が大好きなのに、「そんなだらしない格好はやめなさい。そんなものは捨てて」と強制的に捨てられたこともあった。今日は一日中家にいます、と言っていても、数時間置きに「今、何をしているんだ?」とメールや電話が入る日もあった。

ついつい、うんざりした表情を出してしまうことがあったのがいけなかったのか、あるときセックス中に夫が剃刀を持ち出してきた。

「葉子、おまえのあそこを今から剃毛《ていもう》してあげよう」

新しい性技を見つけたかのように、目が脂っこく輝いている。私は逆らった。もともと体毛が薄い私は、あそこの毛も、他の女性に比べたらほわほわと産毛《うぶげ》程度にしか生えていないはずなのに。しかし、抵抗のそぶりを見せると、夫はこう言ったのだ。

「なぜつるつるにしたくない？　俺はつるつるしている女性が好きだと言ったはずだ。なんだよ、その顔は！　なんでおまえがそんなに嫌がるか教えてやろう。他に男がいるからだろう。つるつるにあそこを剃られたら、恥ずかしくて浮気なんかできないもんな。そう、これからずっと、毎週俺があそこの毛を剃ってあげよう」

その夜、まるで幼女のような姿になってしまった私の陰部を見て、夫はいつになく興奮し、いつもより激しいセックスをした。

私はふたたび、夫の目を盗んでファッションヘルスで働くようになった。もちろん勤め先にも結婚しているとは伝えなかった。

どこかで働きたい。ずっと家にいたくない。その願いを叶えられるのは、古巣が手っ取り早かった。しかし、ふたたび風俗嬢に戻ると、心は安定するどころかさらに不安が強くなっていった。

長年通ってくださっていたお客さまのひとりからストーカーされるようになったのも、不安になる理由のひとつだった。インターネットの風俗掲示板に誹謗中傷を書かれるようになった。「千秋から淋病《りんびょう》をうつされた」とか、「梅毒《ばいどく》をもらった」とか、それは営業妨害に近いものだった。それまでは朝に出勤してから夕方に帰るまで、ほとんど指名や予約で埋まっていたが、掲示板の影響か指名客がほとんどいなくなった。フリーのお客さまを一本つけてもらって保証をもらって帰る日が続いた。

不安は日に日に増していき、なかなか気持ちが上がらなかった。結婚をしてからも、仕事は仕事。手を抜いているつもりは一切ない。私の頑張りなどたかが知れてはいるが、お客さまが何を望んでいらっしゃるかを考え、察して、できる限りのリクエストに応じながら時間内の恋人として一生懸命やっていたつもりだった。厳しい家庭で躾けられたことと、弱視だったことも手伝って、人間の心を読むのは得意だと思う。目で情報を取り込めない分、相手の心を読んで応じるのだ。それが仇《あだ》となったのだろうか、それが愛を乞う姿に映って、勘違いさせてしまったのだろうか。お店の前や自宅近くで待ち伏せされるようになって、半ばノイローゼ状態になって引退した。夫にバレたら、どんな仕打ちが待っているかわからない。しかし夫の前では極力そんな自分を見せないように笑顔で務めていた。

そんなある日のこと、見知らぬ番号から携帯に電話がかかってきた。
恐る恐る出ると、母親だった。
「もしもし、葉子。お母さんです。元気でやっていますか……実はお父さんの体調が悪くて、田植えをしている最中に田んぼにしゃがみ込んで、動けなくなったの。市立病院に行ったけど、どうなるかねえ」

何かメモでも読み上げているような、台詞くさい言葉だった。父が倒れたなんて。確かまだ、五十歳を過ぎたばかりのはずだ。そして、こんな電話でふたたび母と繋がるなんて。母の声に、懐かしさも何も感じなかった……ふたりのあいだにできた時間と距離の溝に戸惑い、事務的に返事をするのが精いっぱいだった。

「そうだったの……教えてくださりありがとうございます。何かあればまた連絡してください」

「お金を送って欲しいんだよ」

わかっていた。母からの電話の理由は、それしかない。上京してからの私の身の上に起こったことなど、ひとつも興味がないのだろう。

「わかりました。夜にもう一度連絡をします。そのときに口座番号を教えてください」

そう伝えて電話を切った。

自宅に戻って、夫が帰宅する前に簡単な食事の支度をした後、リビングのソファに座って田舎の電話番号を押した。実家の電話番号を指が覚えていたことに、自分でも驚いた。あの日、あの集団レイプされた冬の早朝に、公衆電話からかけて以来、初めてかける実家の電話番号だ。

「もしもし、葉子です。さっきは出先からだったので手短になってしまい、すみませんでした。お金を送るので口座の番号を教えてください」

「葉子。あんた、働いているのかい？　へえ、てっきり専業主婦でさ、ずっと家で暇しているのかと思ってた。子どもはいるの？　まだか。働いてるんだ、へええ、あんたも結構大変なんだねえ。まあいいわ、それどころじゃないんだよ。今からお父さんの口座番号を言うよ。明日には振り込んでもらえるの？　○×農協○○支店　****～」

「わかりました。いくら足りないのですか？」

「そうだね、六〇万円は足りないね」

翌日、新宿にある銀行から農協の父親名義の口座にお金を送った。それから一週間ほどして、再び母から電話があった。

「ほんと、誰に助けられるかなんてわからないもんだわねえ。一番あてにしていなかった葉子ちゃんが助けてくれるなんてさ」

母が初めて私のことを、「ちゃん」を付けて呼んでくれた。

「結構大変かなあとも思ったけど、やっぱり葉子ちゃんは東京で幸せにやっているんだねえ。お母さん、嬉しいわよ」

言ってやりたかった。お母さん、それは、私が何本抜いて作った金かわかるか?来る日も来る日もローションと精液にまみれて東京で必死に稼いだお金なんだよ……そう言えたらどんなに気分がいいだろう!

母はそれからも何度か電話をしてきて、お金の無心をした。

「すぐにポンとお金を振り込んでくれるなんてさ、おまえはよほど条件のいい男と結婚したんだねえ。おまえは昔から器量よしだったからねえ、男にちやほやされていい思いをずっとしてきたんだろう？　だったらさ、困っている実家を助けるという気持ちはないのかい？　もっと実家をよくしたいという気持ちはないのかい？」

「ごめんなさい、これ以上はもう無理です」

「えっ？」

「お母さんが思っているような生活をしているわけではありません」

「ああそう、そうかい、それなら、これからは娘とはいえ、付き合い方を考えさせてもらわなくっちゃいけないね」

笑ってしまうような捨て台詞を吐いて母は電話を切った。

娘とはいえ……ですって！

母がいつ私を娘として愛したためしがあったろうか！　母に愛された記憶など、ひとつも私の中にありはしない。もしあのとき、もしレイプされて帰ってきたあの午後、私の異変を察して、何があったかを悟って、少しでも私を守っていてくれたなら……

きっと世界は何もかも違っていた。あの日、ボロ雑巾のようになって死ぬ思いで帰宅した私を罵倒せず、大丈夫よ、お母さんがあの男たちに復讐してあげる、何があっても葉子は葉子、だから安心しなさい、お父さんには私から上手に誤魔化しておくわよ、と抱きしめてくれていたなら……私はこんな私にはなっていなかったのだ！

あんな電話、なんともない。もともと縁を切っていた母親だ、取るに足らぬことだと思っていたのに、私はその夜から突然、明らかに体調を壊してしまった。結婚を決めてから今まで心の中に封印していたものが腐敗し、突然、封を破って飛び出してしまったかのようだった。母の電話が、自己の崩壊のきっかけとなるなんて、予想だにしていなかった。

携帯電話に着信拒否の機能があることは知っていた。そうだ、母の携帯番号を、着信拒否にしよう、どのように操作を行うのだろうと、仕事で夫が不在時に、パソコンを立ち上げた。インターネットに接続する。

ふと、マウスが「お気に入り」に入っているサイトにアクセスをしてしまった。すると「変態ロリコン様いらっしゃい！」というタイトルがキラキラと立ち上がり、その下にはまだ初潮も迎えていないような、乳房の膨らみがあるかないかの、幼女の写真がこれでもかと掲載されていた。くっきりと割れ目のわかるスクール水着姿やブルマー姿、そして全裸写真もあった。どの少女ももちろん、陰毛など生えていなかった。夫に剃刀で毎週剃られ続けている私と同じ姿であった。

翌朝、ベッドから起き上がれなくなった。身体は鉛《なまり》のように重たい。自分の上にだけ強く大きな低気圧がのしかかっているような感覚だった。

何もしたくなかった。

夫の食事の支度も、掃除も洗濯も、おざなりになった。

朝、目が覚めてもずっとそのまま、毎日ベッドルームの天井を見つめ、死にたいと思っていた。十五歳のあの日から、都心のど真ん中のマンションで起きられずにいる二十五歳の今日までの一〇年間を、何度も何度も掘り起こしていた。このままでは夫に迷惑をかけてしまう、そんな想いで、数週間後に精神科のドアを叩いた。すぐに鬱《うつ》病と診断された。

抗鬱剤と睡眠薬を服用する日々。少し起きているだけでも疲れて仕方ない。薬の影響だろうか、異常に喉が渇いて水ばかり飲んでいた。

わずか半年ほどで、五〇キロ弱だった体重が一〇〇キロ近くになっていた。着る服がなくなったので、夫のスウェットの上下を借りて一日中、電気もつけずに家にいた。容姿などに構う余裕はなく、体重など、もうどうでもよくなっていた。夫とのセックスも、気が付けばなくなっていた。もうどうでもよかった。したいとも思わない。

私は完全な病人だった。できるだけ、夫にそばにいて欲しかった。

しかし、私が完全に病に伏せているときに、夫は数百万円もする大型バイクを二台も購入し、私を置いて週末になるたびに学生時代からの友人たちとツーリングへ行くようになった。

そんなことやめて、私のそばにいて、とお願いしたかったが言葉に出せなかった。夫はいつもそう。ひとつの趣味にのめり込むと、とことんお金を使う人だった。リビングには巨大な音楽スピーカーやアンプが並び、銀座の画廊で買ったという有名な画家の作品も並んでいた。

彼は、美しいものが好きだった。もしかすると私のことも、画廊で一枚の絵を買うのと同じような感覚で手に入れたのだろうか。心を病み、ぶくぶくと太って美しくなくなった私は、彼の視界の隅に追いやられたようだった。一緒にいる時間も、私の体調を心配するような気づかいの言葉はほとんどなく、ツーリングの話や、音楽の話を嬉しそうに語るばかりだった。

一方で、新たな気付きもあった。

夫は、私が弱っているととても喜ぶ。夫は美を愛する一方で、妻の私がもっともっと精神を病み、太り続けることを望んでいるような一面も伺えた。私に鬱病の診断が下りてからというもの、深夜の帰宅にもかかわらず、毎晩のように大量のケーキや焼き菓子、パンやピザを買ってくる。Lサイズのピザには、これでもかとサラミやベーコンが追加でトッピングされていた。

「菓子、食べなさい。食べて元気になりなさい。僕は君がもっともっと太っても構わないんだよ。他の男は振り向かなくなっても、僕は君を見捨てたりしないから、心配せずにお食べなさい。僕を信じていればいい」

私が口の周りをチーズまみれにして貪《むさぼ》り食うのを、嬉しそうに微笑しながら見つめていた。

「ご主人様は食べないのですか?」

「僕はもう中年だからね、この時間に食べたら体に悪いよ。君はまだ若いから構やしないさ」

これは夫の罠《わな》なのか。

醜くなった私から社会性を奪い、一生このマンションに閉じ込めようという魂胆《こんたん》なのか。

「……ねえ、私に痩せて欲しくないの？」

「俺はただささ、葉子を喜ばせたいだけなんだよ。せっかく買ってきたケーキ、嬉しくないのかい？」

「嬉しいです。ありがとうございます」

そのころの私は、夫の言葉を信じるしか生きていく術がなかった。ものすごい勢いで、目の前の食べ物を平らげていく私の姿を楽しみながら、夫はゆっくりとソファに腰かけて優雅にブランデーを呑んでいた。

殺される、と思った。

私はふたたび、男の手で殺される。

ゆるやかに夫に殺される。

逃げよう。この男から逃げるのだ。

ある夜から、私は夫が買ってくる夜食を拒否した。夫は恐ろしく憮然《ぶぜん》とし、ワンホールのケーキを丸ごとゴミ箱に叩きつけた。

逃げるためには、痩せること。この病気から脱出すること。私は真面目に治療と向き合うことにした。気持ちばかりが焦って、体調はなかなか回復しなかった。精神科の受診以外にほとんど外出することなく四年ほど自宅に引きこもっていた私は、人が怖くてたまらなかった。帽子を目深《まぶか》に被って、人の視線を遮った。コンビニのレジの人とさえ目を合わせられずに、下を向いてお釣りをもらった。

四年間の引きこもりでわかったこと。結婚で幸せになれるなんて、嘘っぱちだということ。女の気持ちを理解できる男なんて、やっぱりこの世にいないのだということ。

――葉子は頭が悪いのね。そんなこと昔からわかっていたじゃない?

十五歳のあの子が、耳の奥でケタケタと笑っていた。

風俗以外に私が生きる道

少しだけ回復の兆《きざ》しが見えたとき、私は二八歳になっていた。病と向き合おうと、家の周りをウォーキングするところから始めた。重い体重のせいで、少し歩いただけでも膝や足首がじんじんと痛んだ。

身体を動かし続けると、徐々に動くことが億劫《おっくう》でなくなり、身体がどんどん動きたいと言っているようだった。バスで繁華街にあるスポーツジムへ通い始め、筋トレとエアロビクスに夢中になった。一〇〇キロあった体重は、一年ほどで元に戻った。過食行為もすっかり消えていた。体重が減って、ふたたび38サイズの洋服が着られるようになると、ジムのウエアをいろいろと選べるようなる。蛍光のピンクやブルーのブラトップ一枚でお腹を出して踊っても恥ずかしくないのが嬉しかった。平日の昼間のジムには一見幸せそうな専業主婦が多くいた。

彼女たちは、人生の先輩として、本来なら母に教えてもらうようなことや、いくら事実でもあまり他人に向かって言うべきことではないような秘密の人生論などを教えてくれた。一年で五〇キロも落とした私を、「あなた、根性あるわねえ」と褒めてくれる人もいた。今まで一度も、そういうお喋りのできる同性が近くにいなかったので、ジムでの人間関係は、薄い関係ながらも頼もしかった。

「実は私、鬱病になって数年間寝たきりだったんですよ」

ロッカールームで五十代のジャズダンス仲間にそっと打ち明けたこともある。

「あらあ、そうだったの。大変だったでしょう。実は私も三十代後半から入院していたの。一〇年も精神病院に閉じ込められたの。ベッドに縛られた私を見ても、夫は無反応だったわ。一生忘れてやるものか」

白髪交じりの上品なその女性は、旦那さんの度重なる転職と失業で苦しめられたという。一緒にジャグジーに浸かりながら、ご自身の経験を洗いざらい話してくれた。

「私もわかるわ。今も精神科に通院しているの。抗精神薬は浮腫《むく》むというか、太るのよね。女って、歳をとってからのほうが、いろいろあるわよ」

もうひとりの四十代のダンス仲間は、ご主人の長年の浮気に苦しんで心を病んだという。私ばかりが苦しんでいると思っていたが、それぞれ事情は違っても、女というのは誰もが男に対して何かネガティブな想いを抱えて生きているのだとわかった。

ほっとした。

神様は私にだけ地獄を味わわせているのかと思ったら、そうではないらしい。三十歳近くになって初めて気が付いた女の友情のありがたみだった。女が、お喋りが大好きで、そっと秘密を打ち明け合うのは、「不幸せなのは自分だけではない」と確認するためなのだと初めて知った。

体重を減らすため、ジムの帰り道、自宅まで一時間ほどの道のりを歩いて帰ることにしていた。田舎に住んでいたころ、吹雪の農道を自宅から駅まで一時間以上歩いていたことを思い出しながら。

あるとき、その帰り道で、「ボランティア募集」の貼り紙がふと目に入った。知的障がい者施設で本の読み聞かせや、折り紙などを利用者さんと一緒にしてくれる人を募集していると書かれている。電話番号をメモして、自宅に戻る。ジムのトレーナーさんが教えてくれた、太らない身体をつくるための料理も楽しくなっていて、夕食はおからとひじきの煮物、鶏の胸肉のオーブン焼きを作った。夫が好きなけんちん汁は、大根やゴボウ、ニンジン、レンコンなどたくさんの野菜が摂れて栄養価も高い。多忙な夫の身体のことを考えて、温めればすぐに食べられるようにしていた。

リュックから、先ほどの施設の電話番号のメモを取り出し、少し緊張しながら電話をした。いつでも見学に来て欲しい、という返事だった。

翌日、自宅から歩いて三〇分ほどの施設に向かった。施設内に入ると、来客が珍しいのか、利用者さんたちが駆け寄ってきた。

「よかったら適当に遊んであげてください」

職員さんが、そう言ってくださったので、一緒に折り紙やパズルで遊んだ。みんな楽しそうにしてくれる。一時間ほど利用者さんと過ごしてお礼を言って帰ることにした。

「ユキムラさん、また来てね」

ダウン症の女の子が、私の袖を摑んで言ってくれた。

「また、来させてくださいね」

手を握ると嬉しそうにしてくれた。ボランティアだからお給料は出ない。でも今は、人に必要とされて、喜んでもらえることが何よりも嬉しい。

それ以来、ジムとボランティア活動は私の日課になった。生活にリズムができると睡眠薬がなくても熟睡できるようになった。ある日、その施設からボランティアでなく、職員（施設の支援員）として働いてくれないかという申し出をいただだた。突然のことで戸惑う。

「あの、私は、人のお世話や福祉が好きというだけで、何か特別な資格があるわけではないのですが、私などに務まるのでしょうか」

恐る恐る聞いてみる。

「ボランティアをする雪村さんの姿を見ていますから大丈夫です。太鼓判を押します。わからないことがあればきちんと教えますから」

嬉しくなって、ふたつ返事で快諾した。

施設の支援員の仕事は、知的障がいを持つ十八歳以上の利用者さんの生活全般（食事、入浴、排泄など）の援助、レクリエーション、散策、障がいの度合いに合わせた作業の見守りなど。空き缶を集めに行って、みんなで分別と掃除をして業者さんに売って活動資金を作るという仕事もあった。朝に私が出勤すると、玄関で待ち構えている利用者さんが走って寄ってくる。

「ユキムラさん、ユキムラさん、あのね、あのね…」

「ユキムラさん、おはよう、おはよう」

源氏名でない名前で呼ばれることがこそばゆい。ここにいる人は、みんな寂しいのだ。構って欲しくてたまらないのだ。

「知的にハンディキャップがある人は、幼いころから虐げられてきていることが多いのよ。だからね、この人はよい人なのか悪い人なのかって、敏感に感じ取るし、こちらが思っている以上に、よく観察しているわよ。雪村さんは、彼らに認められたようね、心のきれいなよい人なんだって」

ここに三〇年勤務しているという、六十代の女性職員さんは、静かに笑ってそう教えてくれた。幼いころから親に虐げられてきているという点では、私も同じだったから、何か通ずるものがあったのかもしれない。また、眼鏡をかけても視界がぼやけていた私は、雰囲気や声などから人の心を読んで、その人を判断していた。「ひとの心は映し鏡」なのだと死んだ祖母がよく言っていた。こちらが丁寧に誠実に向き合えば、相手もそれに応えてくれる。こちらが悪意を持てば、相手は誠実に応えてはくれない。

それは生まれや、経歴、障がいの有無、国籍、性別など何も関係ないのだと思う。

施設で働くうちに、資格がないことで、できない援助の壁にぶつかった。爪切りや投薬、点眼は医療行為なので、本来は資格がなければできないのだという。私にはそれがもどかしく、大学時代にもっときちんと資格を取っていればと後悔した。今さらだが、もっと医療福祉について知りたいと思うようになっていた。もっとこの世界を勉強してみたい、三十歳を目前に、ようやくやりたいことが明確になっていた。

そう、私は十代のころ、将来は看護師になりたいと思っていたのだった。いつからあの夢を見失っていたのだろう。集団レイプされた自分に、夢など追いかける資格はないと考えていた。


悩んだ挙句、看護師の資格を取ろうと決めた。看護学校受験に挑戦することにした。看護師の資格があったら、健康でさえあれば歳をとっても働けるし、たとえ将来、夫と別れたくなっても自分の気持ちに正直に行動することができる。

私の「御守り」が欲しかった。今のまま専業主婦でいたら、ふたたび思いつめて病をぶりかえしてしまいそうで怖くもあった。

受験まであと三ヵ月しかない。学費が安く、受験科目が少ない看護師学校を調べて、受験する学校を三校に決めた。

夫に相談した。

「僕は君を置いて先に逝《い》くことになるだろうから、僕がいなくなった後の将来のことを考えれば、資格を取っておくことを反対することはできない」

そう言ってくれた。大人な回答にちょっと嬉しくなった。普段の夫のあまりの子どもっぽさに呆れることも多くなっていたので、こうした真っ当な大人の返事をしてくれると、もう少し結婚生活を続けられるかもしれない、と思う。

上京するときに、みかん箱に入れて宅配便で下宿に送った荷物の中には、大学の受験勉強のときに使っていた「黄色チャート」「システム現代文」「わかる英語」「受かる小論文」などが入っていた。新しいものは買わずに、色褪せた昔の参考書を繰り返して解きながら、一日ひとつの題目で小論文を書いた。施設の仕事を終えた後、夜遅くまで受験勉強した。一〇年以上前に勉強したことなど、もうすっかり忘れていた。解の公式を思い出すのがやっとだったが、何日か勉強を続けるうちに慣れてきたようで、苦しまず解けるようになってきた。どうしてもわからなくなったときは、昔、家庭教師のアルバイトをやっていたという夫に教えてもらった。夫はまた新たな遊びを覚えたような顔をして、嬉しそうだった。

受験した看護学校の中のひとつは、私が生まれ育った東北の県にあった。

実家に帰る気持ちも、母に会う気持ちもさらさらなかったが、故郷としての東北には、もう一度向き合おうという想いが芽生えていた。

どうにか受験を終え、受験した三校すべての合格通知が届いた。

車椅子の同僚に襲われた日

合格通知が届く少し前のこと。

働いていた施設の作業小屋の倉庫で利用者さんたちが集めてきてくれたアルミ缶や牛乳パックの片付けをしていたときのことだった。車椅子に乗った男性職員が近付いて来た。脊髄損傷《せきずいそんしょう》か、小児麻痺か、筋ジストロフィーか、何が原因でそうなったのかはわからなかったが、彼はいつもだいたい車椅子に乗っていた。一度、右手に杖《つえ》をついて足を引きずってゆっくりと歩いていたのを見たことがあったので、ゆっくりであれば歩くこともできるのだと思った。彼とは施設内ですれ違ううちに他愛のない会話などを繰り返すようになっていた。人気の若手俳優に似ていると同僚の女性職員たちが噂していた。

「雪村さん、ちょっと僕、身体がしんどくて床に座りたいんだけど、介助してもらえませんか?」

長時間の車椅子使用は臀部《でんぶ》に圧がかかり、褥瘡《じょくそう》(床づれ)を起こしたりすると本で読んだことがある。

「わかりました。今、行きますね」

作業の手を止めて、介助する。私の首の後ろに手を組んでもらい、私は彼の、ズボンの腰のあたりを両手で持つ。いち、にい、さんのかけ声でタイミングを合わせ立ち上がってもらう。そして、向きを変えてゆっくりと床に降ろした。

そのときだった。彼の手が異様な力を持って、私の首を強く摑んだ。

「おまえ、この施設の中の職員のうち誰とヤッたんだ?」

さっきまで穏やかな顔から、鋭い目つきに変わって、首を絞める手を少しも緩める様子はない。命の危険を感じながら、いったいこの人は何を言っているのだと思った。

意味が解らなかった。男は私の首根を摑んだまま、もう一方の手で私の腰に手をかけ、ズボンのベルトを外し、ズボンをずり下げると、下着の中に強引に指を入れてきたのだ。恐怖で声は出せなかった。彼は私の中で激しく指を動かしながら、ときには乱暴に出し入れをし、唇の端をゆがませた。怖い。怖くて涙が溢れた。叫ぶこともできず、彼の指が離れるのを待つしかなかった。

「どうだ、楽しかったか。下着濡れちゃったじゃん。そうだ、これから俺と会うときは、下着は付けてくる必要はないからさ」

「許しません！」

「誰かに言えるもんなら言ってみろよ。俺だって言ってやる。お前のあそこは毛のないパイパンだってな！」

そう言って、男は慣れた様子で腕の力だけで車椅子に移乗すると、施設内に戻っていった。男は嘘をついていた。実は介助などなくても、本当は自分で何でもすることができたのだ。

滅入《めい》ってしまった。ようやく風俗ではない仕事に就いて、新たな道を見出そうとした矢先に、この仕打ちだ。

ふと、夫が昔囁いた言葉、「おまえにはセックスの才能がある」——あの声を思い出して身震いをした。私は決して男に媚《こ》びた仕草をしていたわけではないし、男を勘違いさせるような会話をしたわけではない。だけど、私の中の何か、自分がどんなに拒んでも醸《かも》し出される性的要因があるとしたら？　それが、風俗に勤めていたことの代償だとでも言うのだろうか？　それとも、もっと昔から？　レイプされたことにさえも私に原因があるというのだろうか？

冗談じゃない。

私は夫のあの言葉を恨んでいた。そう、言われたときから今までずっと。あの言葉が、まるで蝶々の標本のように私のお腹に鋭いピンを突き刺したのだ。

決めた。看護学校は、合格通知が来た三校のうち、一番遠くの東北の学校にしよう。

この知的障がい者施設の仕事からも、夫のそばからも距離を置きたくなっていた。しかし、東北へ行くという私の決断に夫は猛反対をした。東北のその学校はカリキュラムが比較的緩やかで、歳をとった私が学生をやるにも唯一勉強について行けそうな学校だからと説明をした。新幹線を使えば、数時間で東京に帰れることなどを伝えて強く説得し続けた。

夫は渋々承諾した。

「わかった。ただし条件がある。毎週金曜日の夜に東京に帰ってくること。学費は一切出さないから、渡した生活費の中でやりくりすること。これからの時代は、もっと不景気になって二極化が進むだろう。看護師の資格は葉子の御守りになるんじゃないか。やるならしっかり頑張りなさい」

父親のような物言いだった。

それと同時期に、都内の大学病院で眼球の前房という部分にオランダ製のレンズを埋め込む手術を受けた。生まれたときからの強度の近視だった私は、物心ついたときから分厚いレンズの眼鏡をかけていた。それでもよく見えず、視界はぼやけていて目を細めて見る生活をしていた。眼鏡を外せば、世界の輪郭と色はすべてがゆがんで滲《にじ》んだ。物なのか人なのか、何かはわからないが、何かがあるということだけが認識できるレベルの視力だった。人並みに見える世界を知ったのはこの手術の後からだ。

両目を一度に手術することはできないと主治医が言った。失明のリスクがゼロではないからだと言う。片方ずつ手術することで、万が一、どちらかの目が失明したとしても、もう片方の目の光までを失わなくて済むようにとの説明だった。何度も病院に足を運び術前検査をする。手術直前の検査から手術までは眼鏡もコンタクトも使用不可だという。通院を始めて、数カ月後に右目の手術をした。手術台に腰かけて、背もたれを少しギャッジアップした状態にされる。目が開いた状態を維持できるように金属製の器具で目の周りをガッチリと固定する。今回手術しない左目や顔を保護するために、右目の部分だけくり抜かれた黒っぽい布をかけられる。

「できるだけ自分の足元を見るようにして」

主治医が言った。注射器らしい白くて長い棒が目の上に来た。どうやら目に注射をするらしい。すると、ブスッと一気に刺されて、白くぼやけた私の視界は真っ赤になった。足元を意識するが、ハサミを使って眼球の膜を切り進めているのがわかって、苦しくてどうしても視線が上に行ってしまう。

「下、足元を見て！」

主治医も焦っているらしかった。苦しいが、なるべく足元を見るように意識する。意識がある中で、眼球をチョキチョキ切ったりされるのはとても不思議な感じだった。

「終わりました」

どれくらい時間が経過しただろうか、主治医がそう言うと、看護師さんが顔にかけていた布と目を開いた状態にしていた器具を外してくれて、ガーゼと眼帯が装着された。自分の足で歩いて、リカバリールームに移動して一時間ほど休ませてもらった。

待合室の長椅子で夫が心配そうに待っていた。

「どうだった？　大丈夫？」

夫が私の腕を引いて歩いてくれる。頭が割れそうに痛くて、少し歩くと吐き気がした。トイレに連れて行ってもらって、胃液を吐いた。

昔、食べた後に指を入れてしょっちゅう吐いていたことを思い出した。今はもう、多少のことでは動揺しない。何があっても生きていることが大事だと知ったから。

一カ月後、左目の手術が同様に行われた。右目のときと同様に、術後は酷い頭痛と吐き気に襲われたが、眼鏡やコンタクトレンズなしでクリアに見える世界というものが待ち遠しかった。

数日で吐き気は治まり、私は見える世界を手に入れた。術後の検査でも特に問題はなく、視力を測定してもらうと左右ともに一・五だという。

鏡に映った自分の顔がはっきり見える。感動して、飛び跳ねて喜んだ。

私は、自分で思っているほどは醜い女ではなかった。

おでこが丸く張っていて眉が濃く、目がとても大きかった。眉と目が近いせいで外国人とよく間違われるのだろう。鼻は大きくて、途中で折れていた。父が躾と称して、私をよく殴っていたからだ。

一度、父に殴られた後、綿にしみこませたような塊の鼻血が口から出たことがあったのを急に思い出して悲しくなった。鼻が折れたのは、きっとあのときに違いない。でもそうやって私を殴り続けた父はもうこの世にいない。東京に出てすぐの十八歳の春に、やはり痛い思いをして削った顎は、結局たいして細くならずに、輪郭は子どものころからの丸顔のままだった。

美容整形というのは魔法ではないのだ。自分の気持ちを前向きに変えるための、きっかけに過ぎないのだと三十歳を前にようやく思い知った。

205　車椅子の同僚に襲われた日

昼、看護学生。夜、デリヘル嬢

果たして、東北で一人暮らしをしながらの看護学校生活が始まった。

初めて知る独特な世界にかなり戸惑い、初っ端から酷く疲れてしまった。病棟実習では、見るのとやるのとでは大違いで、処置をひとつ間違えば患者さんの命にかかわることが多い。予習が不足していたり、少しでも手順を間違えたりすれば当然、容赦なく指導という名の罵倒を受けた。

教官の指導が、人格の否定に近いものであることも多かったが、真に受けていたのでは精神が持たない。適当に聞き流した。病棟実習を終えて帰宅すると看護記録や課題、レポートや予習が山積みで、寝る時間は毎日二〜三時間ほど。やがて、医療という閉鎖的な村社会の中にどっぷりと漬かっていることが、自分の世界をとても狭くしていることのように感じ始めていた。

私のそんな気持ちや態度が指導教官に伝わってしまったのか、病棟実習を外されて学校で自習するようにと言われた。学校の図書館でひたすら病態生理のレポートを手書きする。中退するという意思はひとつもなかった。たとえ留年しても、きちんと続けて資格を取りたいと思った。図書館の窓から外を見ると、車椅子に乗った若い男性が方向転換に苦しんでいる様子だった。ふと、知的障がい者施設の同僚だったあの車椅子の男のことを思い出した。私はそれまで、身体にハンディキャップがある人は性欲がないのかと思っていた。なんという偏見を持っていたのだろう。家に帰って、「障がい者の性」というワードで検索した。たくさん出てくる。驚いたのは、障がい者専門の風俗店があったことだ。

三十路を過ぎた私などに、もはや風俗嬢としての需要があるのかはわからないが、瞬間的にやってみたいと思った。容姿も年齢も問わないと書いてある一軒のお店に、早速電話で問い合わせる。顔と全身の写真をメールで送ってくださいという。看護学校の友だちと課外学習の際に撮った写真を送信すると、すぐに携帯に電話がかかってきて、繁華街のはずれにある喫茶店で翌日の晩に面接してもらえることになった。急いで履歴書を作成して、ハサミで切り抜いたスピード写真を貼る。翌日の夜、その喫茶店に自転車で向かった。

古ぼけた店の中に入ると、この手の面接によく使われているのだろうか、私と同じように緊張しながら誰かを待っている様子の、明るい髪色の派手な服装をした女性がふたりいた。恐る恐るテーブルについて、アイスコーヒーを注文する。すぐに、面接担当だという金髪の女性が濡れた頭のままでやってきた。

「あ〜、緊張しないで。全然、普通に喋ってもらってオッケーだから」

笑いながらそう言ってくれた。マイさんという名の、気さくで優しい小柄な女性だった。少しほっとした。普段は看護の勉強をしていて、平日は働けないことをまず伝えた。

「うちは自由だから、ホント、好きにやってもらって構わないからさ。出られるときに出て、休みたかったら休んでよ。悪いけどこの紙にさ、源氏名とプロフィールを適当に書いてね。ＨＰに載っけるヤツだからさ」

「私、三十歳を過ぎていますけれど、大丈夫なんでしょうか……」

「えー、マイなんて四十歳だよ。えっ？　見えないって？　うふふふ、ありがとう。うちは還暦を過ぎてる女性もいるの。年齢は関係ないって。この仕事していると、皆、若々しくいられるわよね。アガる暇もないわけよ。女は幾つになったって、男が必要なのよ。男がいなくなったとたんにババアになっちゃう。歳の問題じゃないの。だから葉子ちゃんも、頑張って稼いでください。いつまでも若々しくいるためにね」

還暦を過ぎていても風俗で働くことができるんだと初めて知った。私も頑張ろうと改めて思いを強くした。待機場所はこの喫茶店のすぐ近くのマンションだという。

この風俗店は市内に四店舗持っていて、障がい者向けはその中の一店舗だという。障がい者向けだけではなかなかお客さんが来ないので、できれば、ふつうのデリバリーヘルスでも働いて欲しいという。私は素直にうなずいた。面接したその日、繁華街から四〇分ほど車で走った海沿いの町のモーテルに行くように電話で指示があった。源氏名は、ユキ。昼は看護学生、夜はデリヘル嬢。

雪の町で死んだ私が、性の亡霊となり、ユキとして故郷に帰ってきたのだ。デリヘルの仕事のときは、普段とは違う黒いエナメルの鞄を持つことにした。クリアケースに入れた小銭と千円札一枚、リップクリーム、コンドーム、イソジン、ローション、ローター、バイブ、ハンカチとティッシュ。運転免許証や学生証などは極力持ち歩かないようにした。

そして何食わぬ顔をして週末には東京の自宅に帰っている。週末婚が夫には刺激的なのか、以前よりまた、しつこく求めてくるようになった。年齢とともに勃起力に自信がなくなった分、前戯がやたらと長くなった。あっちで男なんて作っていないよな？　と私に挿入しながら訊ねてくる。私は少し微笑みながら首を横に振る。日曜日に自宅を離れるときには、「行かないで行かないで」と身体じゅうをバタバタさせて子どものように大騒ぎをする。「ごめんなさいね、また来週ね、楽しみにしているわ」と出逢ったころよりもさらにたっぷり脂肪のまとわりついた夫の身体を抱きしめて、頬にキスをしてあげる。

最近、夫の加齢臭《かれいしゅう》がきつくなった。

え？　おまえの行為は、夫への裏切りではないかって？

裏切っているつもりはない。

だってもともと、愛していないもの。私は男の人を愛するということがわからない。わからないから、こうして性を追い求めている。しかし、性をお金に変えれば変えるほど、愛がよくわからなくなっていく。そんな私を嗤いたい人は嗤えばいい。自分と比べて哀れな女とほくそ笑むがいい。

だけど、そんなこと言っているあなたは？

あなたは本当に夫のことを愛しているの？

あなただって、お金と安心が欲しくて、結婚したのではないの？

思い描いていた結婚生活とは違う現実に戸惑ってもいるのでしょう？

それなのに、風俗に落ちた女を軽蔑するんでしょう？

そんな貴女に、シェイクスピアの『マクベス』に登場する、三人の魔女たちが言った台詞を教えてあげる。


綺麗は汚い。汚いは綺麗。

私の奥底に抑圧されている混沌とした欲望は、汚い世界の中でどんどん純度を増していく。きっと私は、夫が昔そう評したように、正直な女なのだ。そう、どこのどんな女よりも。

人間は皆、唯一無二の奇形である

子どものころ、友だちの輪に入るのが苦手だった私は、幼稚園の園庭の端にある砂場やブランコで、重たい眼鏡をかけながらいつもひとりで遊んでいる子だった。人と交わることが本当に苦手だった。男子にいじめられて泣きながら帰って、祖母に、もう幼稚園に行くのは嫌だ、お友だちの作り方がわからないと直訴《じきそ》したこともある。私は顔も性格も他の子とは何かが違うみたいで、なんだか悲しいのだと泣いた。

「いいのよ。葉子が葉子らしくいられればそれでいい。ひとはみんな違うのだから、そのままで大丈夫だからね。人にはそれぞれが得意なこと、苦手なことがある」

と祖母は私の頰を撫でてくれた。

「葉子、覚えておきなさい。ひとは皆、誰もが唯一無二の奇形なんだよ」

「ゆいいつむにってなあに？　きけいってなあに？」

「大人になったらわかるよ。いろんなことがゆっくりわかるようになる」

祖母の言った通り、幼い私には、祖母の言葉の意味が理解できなかったが、今はよくわかる。

看護学生として、病院という場所で実習していた私は、この世の中には本当にさまざまな人がいるのだと改めて感じた。

世間一般の非常識が、その人やその家庭でのコモンセンス（常識）だということが多々あるということもわかった。

デリヘルと看護学校の両立は、寝不足の日々が続いて、三十歳を越えた私には相当しんどかったが、なんとか私は学校を卒業し、看護師の資格を取ることができた。

デリヘルの世界でもまた、相当に濃い男たちとのやりとりがあったが、それはまた今度、改めて書く機会があればと思う。

無事に看護師の資格を取ったことを夫は手放しに喜んでくれた。

「葉子、よく頑張ったね。ご褒美にどこかゆっくり旅行でもすればいい」

「ありがとうございます。辛いときにあなたに支えてもらえたから、なんとか頑張れました。あなたのおかげです。旅行は大丈夫です。ちょっと疲れたから、派遣の仕事やボランティアでもしながらゆっくりさせてください」

愛しているかどうかは、よくわからない。だけど私の生涯で誰に一番感謝をし続けなければならないかと言えば、それはもちろん夫である。


私は今、東京で看護師をやりながらSM嬢として働いている。

そして自宅に帰れば平凡な主婦として炊事や洗濯をしている。

三つの顔を持ちながら、毎日を過ごしている。どれも私であって、私ではないような気がする。

当初は、「男」に復讐するために、風俗の世界に飛び込んだ。

この原稿を書いている現在もなお、集団レイプされたことのトラウマや、性への葛藤は無くならない。

SM嬢になってわかったのだが、昼間に看護師として、毎日病棟で行っている導尿の際に挿入する尿道留置カテーテルの処置と同じことをすると、夜の世界ではオプションの扱いになり、普通のバックに一万円プラスされて給料が支払われる。M男にアナル攻めをしても一万円つくが、昼間に患者さんの宿便《しゅくべん》を取るために肛門に指を入れて掻《か》き出しても、特別報酬などつきはしない。同じ排泄にかかわることなのに、これは不思議なことである。それでも私は、昼の仕事に手を抜かない。それが宿便でも精液でも、排泄した後の気持ちよさそうなお顔を見るのは、変わらぬ仕事の喜びではある。

幼いころより母から浴びせ続けられた「呪いの言葉」の数々、そして風俗を生業としている私は、たくさんの男たちの排泄処理を担当するとても汚れた女で、こんなことをしている私は一生幸せになんてなれないんじゃないかという思いが強くあった。

しかし、看護師になって、医療という場所にいると、嫌でも人の生活の裏側や生活環境の詳細まで知る機会が多くなり、人には誰しも、普段は表に出せない顔――奇形の部分があるのだということを知った。他人もまた奇形であると知ると、なんて自分はやっかいな運命を背負ってしまったのだろうか、という足枷《あしかせ》が少しずつはずれていく気がした。

昨日も診察室で、妊娠検査で陽性反応が出た、ごくごく地味な服装のふつうの顔をした女性にこんなことを言われた。

「○月○日の夜のセックスでできた子なら主人の子なんです。でも、その前日の昼のセックスでできた子なら、浮気相手との子どもだから……ねえ、看護師さん、いつのセックスで妊娠したのかを教えてください。そうでなければ、産むか産まないかなんて、決められません！」

病院の診察カルテには、これまでの妊娠と出産などの履歴が残るのだが、妊娠十三回、中絶十二回なんていう女性もたまにいる。生活指導やバースコントロールの方法を丁寧に伝えてあげても、果たして理解してくれているのかは、わからない。

「確実に夫の子どもじゃないんです、黙っていてくださいね」

と看護師の私と秘密を共有しようとする妊婦さんもたまにいる。

本来、他人と比較しても比較などできようもないのだが、男がより美しい女を求めるように、女だって、隣の女よりもいい男に抱かれたい、他の女よりも愛されて、他の女よりも裕福な生活がしたいと思って生きているのだと知った。女は男よりも、自分を演出する力にも自分自身を騙して生きる力にも長《た》けているから、自分の思い描く幸せを手に入れるためなら、場合によっては駆け引きもするし、嘘もつくし、嘘泣きだって平気なのだ。全然感じていなくとも、イクふりだってお手の物だ。風俗嬢だろうが看護師だろうが、事務員だろうが専業主婦だろうが、結局、「女」というのもまた、奇形であり、皆、同じ穴の貉《むじな》である。

夫は、最近はさらに体力的にも性的にも弱くなり、セックスの途中で「中折れ」することが多くなっていた。途中でペニスを抜いて、ちょっと休みたいと言い出すことも度々ある。そのまま鼾をかいて寝てしまうことも。構いはしなかった。夫に頭を撫でられながら、抱きしめてもらって眠れれば、私はそれで十分だ。何があっても、自分が帰る場所は夫の胸なのだと確認できればそれでいい。ただ、私の性的な欲求は心の病から抜け出した三十歳ごろから徐々に増していき、年々弱くなっていく夫の性欲と反比例しているのもまた、事実だった。

「葉子、突いてやれなくてすまない」

皮肉なものである。時間とは残酷なものである。

夫と出逢った十八歳のころの私は、セックスや男を最大限に嫌悪し、侮蔑《ぶべつ》の対象とすらしていた。しかし夫と出逢い、身体の隅々まで開発されて、深い性愛の悦びを知ることができた。そして悦びを知ってしまったがために、私は性の快楽というものを求めて、ふたたび風俗の世界を通じて、男を渡り歩くようになっていた。

この深い快楽を知ってしまった私は、後に引き返すことなどもはや不可能、もうどうにもできなくなってしまっているのである。夫は有名なAV男優の真似をして、中指と薬指の二本を使って、潮を吹かせながら私を何度もオーガズムに導いてくれるが、それはただ、オートマティックにイカされているというだけで、挿入での一体感とは別物であった。潮を吹くなんて単なる身体的なテクニックで、快感とはなんら関係のないものだ。

十数年前に、夫と初めてセックスしたときに私に囁いた言葉。

「おまえにはセックスの才能がある」

この言葉が、目には見えない刺青のように私の胸に刻み込まれ、女としての円熟を迎えるまで鮮やかな牡丹の花のように咲き乱れるのだろう。

昼は看護師、夜はSM嬢、そして仕事が休みの日には同じ職場の同僚医師や、キャバクラ時代に知り合った外資系企業に勤めるセックスフレンドと、寝る間も惜しんでセックスを楽しんでいる。

ただ、どんな相手とセックスするときでも、お金をいただくことは忘れない。夫以外とのセックスには必ずお金を介在させるようにしている。嘘は決して女の専売特許ではない。男というものは、相手に対して何の責任を取る気もないくせに、セックスをするためならば、「愛している」「好きで好きで仕方ない」などと平気で耳触りのいい嘘をつくのだから。

性愛の深い悦びを知ってもなお男を信用できないのは、十五歳の元日の夜から変わりはしなかった。昼間の職場で知り合った二歳年上の独身医師は、お金を介した付き合いを止めて、きちんと恋人として交際しようとしつこく言ってくるが、私は断固、同意していない。その男はセックスのとき、鼻フックや短い一本鞭《むち》を使用し、はしたない犬のように四つん這いで手枷と足枷を付けられた私のアナルをしつこく指で掻き回したりする、サディスティックな性癖を持つ男だった。私が看護師と同時にSM嬢をしていることは当然秘密にしていたので、最初は嫌がるふりをしていたが実はそれほど苦痛もなく受け入れていた。SMプレイで感じる苦痛など単なるアクセサリーのようなものだった。私たちふたりは、病院の当番も当直もない毎週日曜日の夕方から繁華街の外れにあるラブホテルに入って、月曜の朝のお互いの出勤時間のギリギリまで何度も何度も激しく求め合った。そして帰り際に、彼がホテル代を支払い、私は報酬をもらった。

もちろん、私も相手は誰でもいいというわけではない。その男にとって特別な存在、またはそれだけの価値があると思われていることが条件だ。それ相当の時間とお金を遣えば、いつかどちらかが飽きて逢わなくなったとしても、男の心に永く残り続ける女になるのではないかとも感じていた。

そう、ひとりでも多くの男の心に残り続ける女でありたい。

それがもしかしたら、私の幸せというものなのかもしれない。

看護師の仕事にようやく慣れてきた今年の春のこと。セックスフレンドのひとりと、二度と帰るつもりのなかった故郷の町までドライブに行くことになった。町の名前は消えて、隣町と合併して市になっていた。農村地帯のはずれの墓地に父の墓はあった。短い時間お墓参りをして、実家には立ち寄らずにそのまま東京に帰った。

帰りの高速道のドライブインで男が煙草を吸い、私がソフトクリームを食べていると、背後から強い視線を感じて思わず振り向いた。

そこには、疲れた老人が立っていた。それが早田だとわかるまで、十五秒くらいかかった。ソフトクリームが溶けて手に落ちてきた。立ち尽くしていた早田は、妻らしき太った女と一緒で、早く車に戻ろうと背中をどつかれていた。

「葉子、元気でよかった」

こちらを振り向きながら遠ざかる早田の口が、そんなふうに動いたように見えたのは私の錯覚だろうか。

あとがき――因果応報《いんがおうほう》

拙《つたな》い私の経験を読んでくださった皆さまに感謝を申し上げます。

皆さまがどんな感想を持たれるか、とても怖い気が致します。愚かな女と罵られることも覚悟のうえでこれを書き上げました。しかし私は、開き直るわけではありませんが、こうしか生きられなかったのも事実です。

若いころ、自分が周囲からどう思われているのか、評価ばかり気にしていました。思ってもいない、心にもないことを言って自分を誤魔化したり、取り繕ったりしてばかりでした。「鎧」で身を固め、強い自分を演じて、弱い自分を守っていました。

しかし、自分の心に正直にならなければ、本当に幸せにはなれないとあるとき気が付きました。自分勝手と言われるのが怖いとか、皆に好かれようなんて思っているうちは、駄目なのだと思います。誰に何と言われようが、「自分が一番大事」くらいでいいのではないかと今は思っています。自分を大切にできなかったら、他の人を大切にすることなんて、不可能なのです。

私は、十五歳のあの日から、「男」に復讐することばかり考えて生きていました。しかし運命の悪戯か、嘘のような出逢いがあって結婚して、二十代の中盤に重度の精神疾患にかかり、本当に辛い時期を過ごしてからというもの少しずつ考えが変わってきました。日々、自分と対峙《たいじ》しながら、悩み、苦しんで出した答えは、「男たちへの最大の復讐は自分が幸せになること」だと悟ったのです。

幸せの定義などはないし、「幸せ」の実体なんて多分、誰にもわかりません。ただ、今の私は、未だに毎日トラウマや性への葛藤と闘いながら生きていることは事実で、昔と変わったのは、自分に正直に生きている、ということだけです。

あるとき、スポーツジムで知り合った四十歳以上年上の女友だちに、今までの過去を洗いざらい話してしまったことがありました。彼女は美しい銀色の白髪を優雅な手つきでかきあげながら、静かに微笑んで、こうアドバイスしてくれました。

「葉子ちゃん、理不尽なのが世の中というものよ。けれどね、世の中には〝因果応報〟という非常に便利なシステムがあるの。だから、自ら手を下して何かしようとしなくても大丈夫よ。あなたはただ、幸せになりなさい。復讐なんて考えなくてもいいのよ。憎い相手を自らの手で殺したのなら、あなたの手が汚れるだけなのよ」

この言葉を、私と同じように性犯罪被害に遭った皆様にも捧げて、そろそろ筆をおきたいと思います。

前略

私が十五歳だった元日の寒い夜に、無理やり車に押し込めて連れ去り、集団レイプをした人畜非道のフルカワ、キムラ、ヌマシタ、マサアキ、サイタ。お元気でしょうか？

早いもので、あれから二十年が経ちました。二十年という歳月が、あの事件を一度言葉にして振り返ってみようという勇気を与えてくれました。

私は、あなたたち五人の手でとても酷い目に遭い、地獄に堕とされました。それでも生きてきたのは、あなたたちをいつかメッタ刺しにして殺してやろうとずっと機会を伺っていたからです。

本当にいろいろと考えました。

もう二度と会うことはないだろう、五人の男性がた、私に殺されなくて本当によかったですね。

しかし先ほど述べたように、世の中には「因果応報」という非常に便利なシステムがあるのですって。だから、あなた方は、ご自身がなさったことが自分に何十倍、何百倍にもなって返ってきていて、今ごろは生きて苦しんでいらっしゃることだろうと思います。

私は十五歳のあの夜から、ずっと心を殺して生きてきました。そう、ここに書いているのは、今これを読んでいるあなたのことですよ。

草々

雪村葉子

解説「トラウマの本質」

和田秀樹（精神科医）

精神科医として本書の解説を頼まれたのに、久しぶりにものすごく感情移入して、人の書いたものを読んだ。

私は、１９９１年から１９９４年にアメリカのカンザス州という田舎の州に、精神分析を学びに留学した。

当時は、アメリカが不況のどん底だったこともあって、カンザスの一般市民はこちらが想像した以上に貧しい生活を送っていた。ブランド物の服を着る人などいなく、最低の値段の電化製品を倉庫のような飾りのない大型ディスカウント店舗で買っていく。女性が食べるために肉体労働をするのが当たり前のようになっていた。どんなに貧しくても悪いことをしてはいけないと、日曜日は教会に通い、同性愛反対のデモが毎週のように行われ、ポルノショップの前では、婦人たちがポルノ反対のビラをまいていた。

気づかないうちに、自分はアメリカよりはるかに先進的で豊かな国に住んでいたのだと感じた。

本書の著者である雪村葉子さんが１９８０年生まれで夫が二十歳年上だとすると、私はその夫と同い年ということになる。本書の中で、葉子さんの子ども時代の話を聞いた夫が、「こんなに小さな我が国でも、かようにダイナミックレンジが広いとは」と呟く記述があるが、私も同様のことを感じた。私自身、通っていた私立の学校の中では自分の家庭は貧乏だと思っていたが、知らない世界があった（もちろん精神科医になって以来、病のために生活保護受給者に陥った人や、DV被害者など、日本の知られざる貧困は嫌というほどたくさん見てきたが）。

彼女が「死んだ」１９９５年という年は、阪神・淡路大震災と地下鉄サリン事件のあった年である。まさに多くの人が実際に死に、また、今でも現在進行形で苦しむような形で、魂を殺された人が多くいる。それまでは、精神科医でも「トラウマ」や「ＰＴＳＤ」という言葉は使わなかったが、この年を境に、一般の人もこれらの言葉をよく知るようになった。

なんという偶然なのだろうと思って、一方的に感情移入してしまったのだ。

ただ、言葉は一般的になったとて、日本で作られた映画や小説などで描かれるトラウマ（アメリカとは明らかに違う）は、ものすごく浅い理解のものばかりだ。たとえば、フラッシュバックや悪夢にうなされ、レイプをされたら男性を嫌悪し、暴力を体験すると人が怖くなる、という紋切型な表現ばかり。トラウマで多重人格になると聞けば、その上っ面を追いかける。

私が留学中は、まさにアメリカの精神医学はトラウマの時代だった。

ハイレベルの精神分析理論を学びにきたのに、パーソナリティ障害の長期治療の病棟でも、依存症の病棟でも、摂食障害の病棟でも、話題はトラウマのことばかりと言っていい状態だった。

病院内の広いキャンパスをベテランの医師と歩いていて、「この病院にトラウマのない患者さんなんていないよ」と言われた時のショックは忘れない。そして、摂食障害についての講義を聴いていた時に、ブリミア（Bulimia 過食嘔吐）という言葉を初めて耳にした（日本では当時、摂食障害というと拒食症のことだけを指していた）。

精神分析の立場から言うと、食べ物は、愛情を象徴するものだ。

拒食症というのは、「愛情はもういらないから受け付けない」ということで、過保護な子育ての病理である。ところがブリミアというのは、葉子さんよりさらに悲惨とされる（トラウマをどちらが悲惨かと比べることは不毛な話であるが）性的虐待の被害者に多い。親の愛情に飢え、それ（その象徴である食べ物）を貪るように求めたら、それが汚いペニスであることを知り、吐こうとする。そういう病理なのだと。そしてその講師は、「これが、アメリカという国なんだよ。日本だとそんなことはなくて、拒食症の患者ばかりだろう」と嘆いた。

当時、アメリカでは数百万件の児童虐待が報告されていたが、日本は一〇〇〇というオーダーだった。しかし、今は日本でも一〇万件近くの児童虐待が報告され、過去二十年間で七十倍にも増えているという。

葉子さんが、集団レイプ被害の後に過食嘔吐という症状を出したのは、私が二十年以上前に聞いた理論が今でも通用するのだと痛感させられたものであるし、まさにリアルに伝わるものがあった。

さて、本題に戻ろう。私がこれまで勉強や経験をしてきた限り、トラウマの本質というのは、それを思い出すことで苦しむことではない。もちろん、そういう症状も出るが、それだけだとすれば、まだ程度が軽いレベルとさえ言える。

トラウマの本質は、そこで、その人にとって時間の連続性が断ち切れてしまうことだ。まさに魂が一度死ぬのだ。認知（ものの見方）も、意識状態も、そして人間全体や周囲の世界に対する信頼（なんとなく〝信じていて大丈夫なのだ〟という漠然とした感覚も含む）も断ち切られる。

その日から、自分の生きている世界が一変する。

人というものが基本的に信用できなくなり、過去が現在とつながって感じられなくなり、自分がこれまでとはまったく別の世界に生きているように感じてしまう。生きていることが苦しくなり、一生涯にわたって引きこもるということさえある。

外から見ると、その人の性格が変わってしまったように見えるということも珍しくない。

トラウマ的な体験やその記憶があまりに耐えがたいものであると、さらに奇妙な現象が起きる。苦しい記憶を別の意識状態に押し込んでしまって、普段は、それとは違う意識状態で生きる「解離」という現象だ。しかし、ときにその普段と違う意識状態が顔を出す。この普段と違う意識状態のときに、別のアイデンティティや人格状態になってしまうものが、いわゆる多重人格だ（現在は解離性同一性障害と呼ぶ）。

同じ人格状態だが、そのときの言動をまったく覚えていない解離性健忘、そして、葉子さんが体験した、傍観者のように今生きている世界を見てしまう離人感も、解離性同一性障害に含まれる。

児童虐待などでは、あまりに虐待の程度が酷いと、虐待者を逆に理想化してしまって、虐待者に阿《おもね》たり、むしろ仲良し関係を演じるサレンダー（Surrender 降伏）という状態が生じることもある。また、昔から反復強迫といって、たとえばレイプをされた人がレイプされそうな場所に再び出かけていくなど、自らトラウマを招くような行為をすることがある。最近の学説では、トラウマの際に、その苦しみを和らげるために脳内麻薬が出るのだが、その依存症状態になって、さらにトラウマを求めるのではないかという考えもある。

葉子さんの体験した、一見不可解な世界は、トラウマの精神医学の立場から言うと、むしろ腑に落ちるものばかりなのだ。

ついでに言うと、このような忌まわしいトラウマの後遺症は、周囲の反応次第で和らぐことになっている。レイプをされても、その親や配偶者、友達などが温かくフォローをしてくれたのなら、その傷が多少は癒される（それでも傷は残るが）。

しかし、まるで被害者のほうが悪いとでもいうような対応を受けると、再外傷体験（セカンドレイプ）を生む（だからレイプ裁判などでは、被告側の弁護士の弁論を受けることの苦痛について精神医学的な問題が論じられるのだ）。

葉子さんの場合は、温かい対応どころか、親には殴られ、罵られ、友達からは侮蔑の対象にされたのだから、その傷の広がりは計り知れない。だから、私はレイプという犯罪、あるいは集団暴行という犯罪（それをかつてやったとしか思えない元暴走族のリーダーと称する人間がテレビに出ているが、それを見た被害者がどのくらい苦しむのかわかっているのだろうか）を心から憎む。

葉子さんは数奇な運命をたどった。その美貌や頭の良さのため、他の同様の被害者から見れば、より「まし」な生活を送っているのかもしれない。ただ、私の見る限り、その傷が癒えているわけでも、完治したわけでもない。それでもしっかり生きていこうという姿勢が健気であり、やっとこうした手記が書けるようになったこと（これも一般の人から見れば異常なことなのだろうが、今の時期にならないと書けなかったというのも心理学的には妥当な話である）が、ただただ嬉しいのである。

私がいちばん感情移入したのはその部分なのだ。

わだ・ひでき
１９６０年大阪府生まれ。１９８５年東京大学医学部卒業。「和田秀樹こころと体のクリニック」院長。日本神経学会認定医、臨床心理士、日本精神分析学会認定精神療法医、日本内科学会認定内科医、日本精神神経学会精神科専門医。

本書は著者の実体験に基づいた書き下ろしの手記です。ただし、雪村葉子はペンネームであり、また、本書に登場する人物の名前や環境などはその本人と特定できないように一部変更しています。ご了承下さい。

ブックマン社のロングセラー

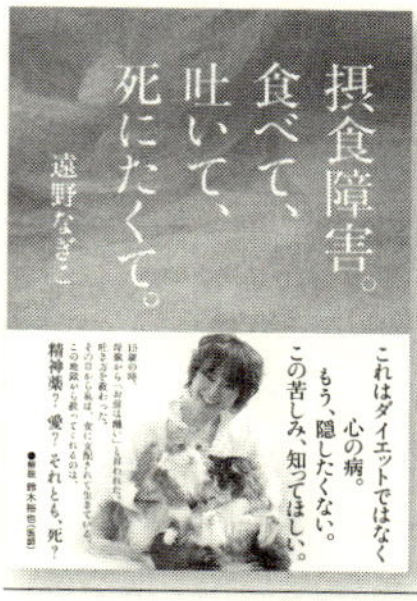

摂食障害。食べて、吐いて、死にたくて。

遠野なぎこ 著

おまえは、醜い。太りたくないなら吐いてごらんよ……母の虐待により、15歳のときから摂食障害に苦しみ続ける遠野なぎこ。30代になった今でも、この病からの回復は難しい。栄養不足と過多を繰り返し地獄を見た彼女が、同じ想いに苦しむすべての女性に贈るメッセージ！

●四六判　192頁／本体1300円

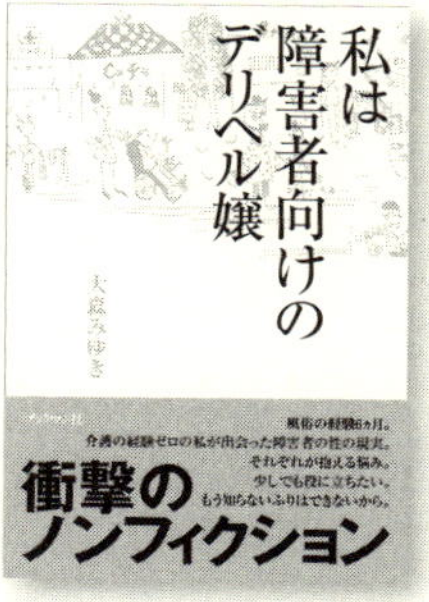

私は障害者向けのデリヘル嬢

大森みゆき 著

風俗の経験6ヵ月。介護の経験ゼロの私が出会った障害者の性の現実。寝たきりの人、オムツをつけている人、意思の疎通ができない人、目の見えない人…それぞれのお客様が求めているものに、どう対応をしていけばいいのか？ 障がいを持っている人の性を無視して福祉は語れない！

●四六判　224頁／本体1238円

ママの仕事はデリヘル嬢

長谷川 華 著

たくさんの出会いから、私はデリヘル業界の良いところも悪いところも教えてもらいました……知っているようで知らないデリヘルの世界の光と影。中国地方NO 1の規模を持つ、カサブランカグループの女社長・華ちゃんの一代記。心に影を持つ女の子達を、放っておけないから。

●四六判　296頁／本体1429円

価格はすべて税別です。こちらで紹介した本は添付の読者カードからもご注文できます。

新装版
私は絶対許さない
――15歳で集団レイプされた少女が風俗嬢になり、
さらに看護師になった理由

2015年12月1日　初版第一刷発行
2018年 5月8日　新装版第二刷発行

著者　雪村葉子
解説　和田秀樹

本文デザイン　谷敦（アーティザンカンパニー）
編集　小宮亜里
編集協力　黒澤麻子

発行者　田中幹男
発行所　株式会社ブックマン社
〒101-0065　千代田区西神田 3-3-5
TEL 03-3237-7777　FAX 03-5226-9599
http://bookman.co.jp

ISBN 978-4-89308-900-7
印刷・製本：凸版印刷株式会社